成为编剧

皮皮◎著

CFP 中国电影出版社
2023 · 北京

图书在版编目（CIP）数据

成为编剧 / 皮皮著. —北京：中国电影出版社，2023. 12
ISBN 978-7-106-04653-8

Ⅰ. ①成… Ⅱ. ①皮… Ⅲ. ①编剧—教材 Ⅳ. ①I053

中国国家版本馆CIP数据核字（2023）第190729号

责任编辑：李　静
装帧设计：联创睿合
责任校对：贺一鸣
责任印制：孙　杉

出版发行　中国电影出版社（北京北三环东路22号）　邮编：100013
电话：64296664（总编室）　64216278（发行部）
64296742（读者服务部）　E-mail：cfpbjb@126. com
印　　刷　中国电影出版社印刷厂
版　　次　2023年12月第1版　2023年12月北京第1次印刷
开　　本　880mm × 1230mm　1/32
印　　张　10.5
字　　数　200千字
定　　价　60.00元

目　录

一

学习编剧的几点建议

1. 热爱

热爱是成就任何事业的一个前提。有了热爱我们就有了主动性、积极性，这也是很多同学学习成绩有差别的原因之一。同样的编剧课程，同样的编剧培训班，最后真正受益的为什么都是少数？学习，听起来似乎是一个被动行为，其实，主动学习才是真正的学习。我们要做到主动学习需要热爱，需要热爱产生的兴趣，需要兴趣产生的意志。这才是学习最佳的切入点。

兴趣和意志能让我们获得足够的耐心和细心，深入事物的内部，了解和研究它的构造构成。

喜欢戴一块瑞士名表，有钱就可以了；能够打开瑞士名表表壳，潜心研究，需要热爱产生的持续的关注和耐心。喜欢电影，走进电影院对着大银幕要么哭哭笑笑，要么凝神思索，做一个买得起电影票的观众就可以了。但是想要做编剧，需要

“打开表壳，拆开零件，再组装……”需要以热爱为基础的诸多元素。

2. 主动学习

一位日本导演曾经说过，学习编剧亦如减肥。市面上有很多关于减肥的介绍，有很多别人成功的减肥经验，学习这些经验尝试减肥，最后成功的人并不多…… 这位导演说，最重要的精髓是从别人那里学不到的。

我们学习编剧的过程，与这个导演所说的十分相似：最重要的精髓，最重要的东西，是无法从别人那里学到的。

图1.1　库布里克在《2001太空漫游》拍摄现场

这是不是意味着，我们不需要学习，一切都自己琢磨也许更好？这当然是一种可能性，也是天才之路。很多像库布里克那样的导演、编剧走的也是这样的路。在电影创作队伍中，这样的人寥寥无几，库布里克、奥逊·威尔斯等，屈指可数。对于多数人来说，学习仍然是一条“捷径”。

通过学习普遍经验，学习他人的经验，我们可以更快更好地发现我们自身的可能性，也就是我们自身的精髓所在。在学习他人经验的过程中，可能随时受到启示、启发；可能因为反差和比照，激发出对自己的联想和了解；可以避开我们不喜欢、不认可的他人经验，更直接地走向自己。

学习中的主动性，它使学习变得有效。

3. 认识自己

《孙子兵法》说：知己知彼，百战不殆。在编剧学习中，我们通常做的都是知彼——就是把剧本当成“彼”，学习研究剧本的写作知识。这期间很少有同学去“关心”自己，为创作而了解自己。很少有人在学习编剧之前问过自己——我喜欢当编剧吗？我当编剧是为了赚钱吗？我能当编剧吗？……

这样的发问，可以帮助我们明确创作的动机（出发点）。因为喜欢和热爱去学习，也间接回答了接下来的问题——我能当编剧，能当编剧基本上也能赚到钱。在喜欢和热爱的前提下，只要付出努力，即使天赋不高，仍有当一个好编剧的可能。

我能当一个什么样的编剧?

每一个编剧，因为自身的局限，都有自己所擅长的领域，也有自己欠缺的方面。一个擅长写爱情电影的编剧，也许写不来悬疑。但是，有很多“编剧”面对制片方的人设是，我什么题材都能写，结果就是屏幕上出现了什么也不是、啥啥都不好的影视作品。

4. 编剧修养

(1)略说

修养，只属于对自己有所了解的人。修，就是修正自己，这意味着知道自己的欠缺和不足；养，就是增加自己的精神营养，这也意味对自己的喜好和欠缺有所知，从两方面给自己弥补。

只有当我们对一个事业有所热爱，才会把自己放到它之下，让自我从属于这个事业，而不是把自己凌驾在它之上。对待事业有这样态度的人，才会在创作前、创作中、创作结束后时刻关注自我修整，让自己一直保持良好的状态，以此投入到对创作的无限追求中。

艺术家是艺术作品的创作主体，其自身水平的高低某种程度上决定了艺术作品的水准，所谓文如其人。决定艺术家自身水平的因素也有很多，其中直接对应的就是艺术家的修养。

修养，是精神田野的广度、深度和肥沃度，它所需要的养

图1.2 《法兰西特派》剧照

料也来自诸多方面。对电影创作而言，哲学、历史、文学、心理、绘画音乐、社会等，艺术家涉猎得越广泛，反映到创作中的可能性就越多。

（2）自我认知

无论哪一个艺术门类的艺术家，他在自己的作品当中都是赤裸的，即使他的作品、他的故事是虚构的，也会流露出他内心的真实。也许，艺术家在创作作品过程中最好的人设应该是诚实。

电影电视剧中的主人公难道不是编剧的化身吗？他们至少携带很多编剧的观念想法甚至性情，人物和编剧人生经历以及

图1.3 《寒枝雀静》剧照

由此而来的生活态度紧密相连。有的编剧会问，我的主人公会变成我吗？是的，主人公至少反映了编剧内心的一部分。

作为一个人，或者作为一个创作者，我们的心灵都远远大于头脑。心灵比头脑更宽阔更智慧，完全没有头脑的狭隘。保护心灵最好的方法就是诚实。当我们面对自己内心的时候能够做到诚实，我们塑造的人物才能够做到这一点。换句话说，我们塑造的人物才会有说服力和感染力。就像有些成功的编剧所劝告的那样，不要写违心虚假的东西，那样的东西只能让你的剧本变得非常糟糕。

（3）将心比心

一个好的编剧，不一定有阅历非常丰富的人生，但他需要保有内心的敏感，需要有面对自己内心的勇气和耐心，这

图1.4 《有熊谷守一在的地方》剧照

样，他才能做到用心去感受他人的经历和故事。将心比心的基础上才会有真正的共鸣。有了这样的共情，可以帮助我们跨越经验的局限，合理地展开我们的想象力。

日本导演古泽良太[1]谈影片《60 岁的情书》的创作时说，自己创作这部影片时才30多岁，影片上映以后很多人认为他很好地把握了60岁人的心情。他说，他所把握的是谈恋爱人的心情，30岁或者60岁，恋爱中的心情一般是不会变的，把握住这个感觉也就把握住创作了。

共情、共鸣，在这个意义上说，就是共性之上的个性，是超越共性产生的个性，所以会有感染力。

1　古泽良太：日本编剧，代表作有《如月疑云》《永远的三丁目的夕阳》等。

（4）关注内心

有些编剧非常注重体验生活，了解他人和他人的生活，这当然很重要。但仅仅这样做，并不能保证我们成功地塑造人物，挖掘出人物内心深处的宝藏，让人物发出所谓的弧光。

因为一个不了解自己的人，其实无法真正了解他人。他即使通过观察他人生活获得了一些表象，获得了人物的日常生活状态，但这也不足以全方位并且深入更深层面表现人物，因为人物只有表面，无法获得深度和独特性。

作为编剧，尤其是年轻的编剧，在自己的人生经历中，最好不放过任何观察自己内心的契机。认真思考，首先得出自己的思考结论，最后再通过其他经验的帮助，去拓展自己的认知和认知结论。这一切最终都会在我们的剧本创作中起到帮助的作用。

当一个人处在青春期时，观照自己青春的感觉，留意青春的美妙和痛苦，让这些感觉走入记忆；同时，作为一个年轻人，我们也把目光投向世界，投向周围人面对世界、面对生活的态度和喜怒哀乐。如果我们能对这些积累加以归纳和思考，同时结合自己的学习，无论是哲学心理学还是文学艺术的学习，我们就可以获得更高更宽阔的视野。这样的外观和内观结合起来，既可以帮助我们对他人感受有所体会，又可以促进我们得到作为局外人的清晰。

这就是一个编剧把握人物的基本方法。

图1.5 《野草莓》剧照

如果说青春只能让我们面对生活，尚不能深入生活、融入生活，步入中年便是五味杂陈。中年，也许是人生中最丰富也是最沉重的阶段，各种经历甚至挫折，也会触动我们回溯自己的成长经历，包括与父母原生家庭的关系。对这样的心路历程产生意识，对这个人生阶段会有意想不到的影响。中年也是恋爱、婚姻、家庭等一系列新关系建立变化的阶段，让生命沸腾起来……没完没了的经历和变迁，消耗着我们的精力和体力……但对于编剧，这也许是一个“礼物”。因此，作为创作者对这个阶段内心的感受要保持持续的关注和敏感。

子曰：四十而不惑，五十而知天命。到了这样的年龄，之前的生活积累就需要我们从哲学高度去认知。这个人生阶段，很容易产生各种怀疑和困惑，对自我的，对世界的，对生活的，有很多电影充满了这样的思考。这就是创作者对作品的主观投射。

步入晚年，对生活、生命的感悟更深，很多电影的主题也因此具有了更深入的探寻。什么是生命的价值，什么是生活的意义……人们开始对人生提出问题，并试图把这样的问题连同答案都浓缩进一个电影故事中。《阿甘正传》《野草莓》《巴里·林登》等，都是这样的电影。有人说，生和死以及爱情是艺术创作的永恒主题。没错，因为这是我们每个人的人生，无论是作为观众还是作为创作者都要经历到的。

（5）避免狭隘的自我意识

《剧作练习》的作者曾经说过，人不应该为自己写作[1]；福楼拜也曾经说过，我们声音中个性化的音调是无足轻重的，荣誉的巅峰，是不具姓名的。这些说法都向我们表明，创作者在创作中，需要时刻守住自我的分寸。过分的自我膨胀会导致作品的失败。这和我们平时做人是一样的道理，自以为是、自我膨胀，都是我们内耗的根源所在，它遮蔽我们的视线，给我们带来无形的障碍。

---

1 让-克洛德·卡里叶耳、帕斯卡尔·博尼茨：《剧作练习》，梅峰、刘捷译，中国电影出版社，2001。

图1.6 《哈姆雷特》剧照

对于莎士比亚我们都不陌生，他的剧作在全世界范围内享有盛誉，而且是经过时间检验的声誉，多少代人沉浸在他戏剧的感染力中。他的每部剧作，我们看到的都是人物，无论哈姆雷特、罗密欧，还是李尔王，我们看不见作者。莎士比亚没有夸大创作的主观作用，本分得体地躲到人物中，融化在人物的灵魂中。无论哪部剧作，我们都很难发现作者的影子，这非常难得，而且是很难达到的高标准。作为编剧的初学者，即使我们还做不到这一点，但要把这一点当成高标准来努力。

（6）编剧的心理常识

心理学的一般规律，是电影和观众产生共鸣的条件之

图1.7 《神秘失踪》剧照

一。我们先在这里简单了解一些基本常识。

每个人的意识中都有深藏不露的潜意识部分。潜意识就像水下的冰山，它虽然也是冰山的一部分，但我们不能经常察觉到它的存在。可是，这不妨碍它在我们的行动中发挥影响和作用。有时候，它起的作用是支配性的。我们通过一些已经发生的事件，可以找到很多例证。比如，美国一些校园枪击案的作案者，平时与人相处时没有任何暴力倾向，但最终却做出了极端的暴力行为。支配我们每个人行为的决定因素，常常是我们自己也无法清楚判定的某种隐秘。

观众在电影院看一部电影，电影的剧情很有可能激活他们存在于潜意识中的各种情感，比如说原始的恐惧，童年以来积聚的焦虑、压抑等。有经验的编剧可以对观众的观赏心理进行微妙的操纵，进而获得更大的共鸣。一部成功的影片，必须有很好的心理节奏。良好的心理节奏就是将观众和人物心理合二为一。例如荷兰电影《神秘失踪》，导演斯鲁伊泽利用的就是人们的好奇心，让好奇心带领观众跟随危险，一步步深入，最后观众与男主人公霍夫曼的心理完全同步：既好奇，又担心危险，犹豫来犹豫去，还是不想放弃冒险。最终，主人公做的决定，也是多数观众的决定。整个观影过程中，观众完全沉浸其中。

除此之外，心理学在剧本创作中还有很多别的用武之地。比如说，很多人心里的本我，可能储存了很多被压抑的情感，甚至有些是与理性或道德相违背的，这样的心理很可能在影片反面角色那里获得释放。

很多电影中也具有心理的投射力量，有时，投射甚至变成了剧本的驱动力。印度电影《摔跤吧！爸爸》就是这样的电影。父亲想将自己的技艺传授给孩子，包括他的精神和毅力。观众在观赏这样的电影时，代入感非常强烈，尤其是那些已经身为父母的观众，他们能够体会父母和孩子双方的心理。

心理上的防卫机制、童年的延续、反向行为……这里我们就不展开讨论了，只想强调一下，心理学的知识对学习编剧很重要。

二

剧本的特点

在我们进入剧本学习之前，我们先从感性上对剧本做个大概的了解，获得一些感觉上的印象，也许可以帮助我们更好地理解剧本写作的知识。下面的各种说法来自编剧、导演、评论家，等等，从不同的侧面向我们展现出了剧本的特质。

1. 剧本所奉献的

有人说剧本是一个谎言，有人说剧本是对真实的临摹、模拟，有人说剧本是转瞬即逝的产物，它的产生并非是为了流传下去，而是为了被忘却，为了把它变成另一个作品……

法国导演特吕弗说，拍电影时，应该跟剧本对着干，剪辑时应该跟拍摄对着干。但是只有剧本和场面调度都变成坚实的存在之后，这个对着干才能实现。如果剧本并不坚实、不充分，对着干也无法产生真正的电影。特吕弗的这段话，显示了剧本作为基础的重要性。

图2.1 弗朗索瓦·特吕弗在《阿黛尔·雨果的故事》片场

剧本是电影、电视剧的第一道工序，是基础的基础，它必须坚实、完整而且独立，这样才能成为二度创作中的参照。所谓对着干，就是提供参照，提供修改的基础。

于是，剧本在影视创作中仿佛有了奉献的品格。它既重要，是基础，但也需要随时牺牲自己的存在，去换取更好的可能性。在一部成功的电影中，剧本肯定不是最光鲜的部分，虽然很多电影节都有最佳剧本的奖项。夸张一点说，一部优秀电影，其剧本的地位，有点像伦勃朗的油画的草图。

杨·卡达尔[1]说，创造电影的第一基本要素就是剧本，剧

1 杨·卡达尔（1918—1979）：导演，代表作有《我们不会忘记》《大街上的商店》等。

本是电影的方针。剧本可以非常精确细致，但它依然仅仅是方针…… 这就是剧本的另一个特点——在二度创作中随时可能被改变，无论它如何精致和完整，都难以逃脱这样的命运。

在这个语境下，我们谈论一下职业编剧。职业编剧对自己的职业理解中，有一点相当重要：编剧和导演，谁为谁服务？一个很专业的编剧应该认识到自己工作的重要性就是为导演服务，为导演提供一个合乎逻辑的，最好也是天衣无缝的拍摄蓝本；同时也随时准备听取导演合理的修改建议。这是编剧的职业性表现，不同于小说创作。后者是一个纯粹的个体劳动，而电影是集体合作努力的成果。

2. 剧本是一个美丽的谎言

一个剧本中所表现的现实，肯定与真正的现实有差距，它只能是对现实的浓缩和临摹。我们每天的日常生活十分单调、乏味，令人提不起精神，这是无法在电影中还原的。我们要在剧本中反映现实中的真实，必须通过对现实的重组甚至虚构，才能在作品中得以表现。否则，剧本就是日常生活的流水账，无人能看下去。

我们可以这样理解：在创作中至少有两个层面。一个是表层的真实，这个表层的真实意味着，我们剧本中的人物行为举止都与现实中的人接近，不会让我们感到陌生；另一个是本质的真实，这是我们需要通过艺术创作所探寻的，也就是我们怎样才能合理地表现生活表层的真实，既不是流水账也不是走马观花，这也是学习剧本创作的重中之重。我们最后达到的目的是，通过整个作品的结构表现，揭示生活中更深刻更本质的真实。

电影《双车道柏油路》是一部公路片。剧情是两个男人开着他们自己组装的车，横穿美国参加赛车比赛……他们义无反顾地离开原本的生活，毫不惧怕地冲向未来的未知，不计代价地投入比赛……

生活中真有这样的人，那么电影首先反映了生活表层的真

图2.2 《双车道柏油路》剧照

实，让我们信服。观众看这部电影时不知不觉沉浸到这两个男人的寂寞潇洒的生活中，忘记了自己的生活，离开了自己的当下。我们羡慕崇拜潇洒的剧中人，为他们的快乐而快乐，为他们的悲伤而悲伤，好像也经历了一场不用自己付出代价的“冒险”。银幕上再现的那个美国的20世纪70年代，植入了我们的记忆。这就是电影表现出的深刻真实：很多渴望冒险渴望活得潇洒的人，被生活的琐碎掩埋着；这是很多人的常态，时光随着时间凋零……每个人的存在并不是由自己的意愿定义的；离开电影院，我们可能对自己的生活提出疑问，什么主宰着我们的生活……这些都属于电影所揭示出的本质。

有人说，虚构恰好是一种讲述真实的方式。

虚构与事实共同构成了创作的疆域。例如，伪纪录片这个概念的出现可以很好地向我们解释，创作如何驾驭真实与虚构这两者。美国的纪录片《纽约贫民区》中，80%的素材来自事实，剩下的20%来自纪录片的剧本，也就是虚构。意大利导演安东尼奥尼早期的纪录片《波河》也是这种类型的创作，他拍摄生活在波河上的人们，记录他们的生活。这个过程中，他根据自己的思考加入了虚构。这种创作的目的无疑都是为了增加本质上的真实。

我们需要注意的是，剧本中的事实，并不能与剧本中的真实画等号。事实是素材范畴，是作者用来揭示真实的材料。剧本创作也是对素材的处理，增加或减少，所围绕的都是增加剧

图2.3 《波河》剧照

本的真实。这个表现出的真实才能揭示出更多的本质。这个过程就是升华的过程，是一个形而上的过程。

3. 剧本的现实感

剧本中的现实感与真实生活是不同的。

在生活中我们觉得有些不可信、过于夸张的事情，在剧本中因为剧情的编排反而会显得合情合理。日本导演福田雄一曾经说过，作为一个编剧，他的现实感范畴不应是狭隘的。只有拓宽编剧的现实感的范畴，才能获得更好更引人入胜的想法。虽然现实感来自生活，但它在剧本中的尺度可以更宽更自由。一个妻子因为丈夫不听她的唠叨睡着了，她往他的脸上泼水……这就是现实感。但把泼水改成妻子向丈夫脸上喷引火性杀虫剂，头发都烧焦了，第二天秃头去上班……这样的现实感在电影中，从水变为火，夸张了，也扩展了，推动了影片的情节，也增加了影片的吸引力和可看性。这两者的不同，我们可以通过将电影与现实比照，更多地了解并熟悉。

电影《无人生还》改编自英国推理作家阿加莎·克里斯蒂的同名小说。十个被邀去孤岛古堡的人，最后陆续死去，无人生还，凶手也在其中……现实生活中一般不会有这样的事情发生，但这样没有现实感的情节，在电影中却是情节的全部。它集中了全部可能与不可能，所构成的悬念吸引了我们的全部注意力。有人说，影视写作有一条基本的原则：生活是真实的，而影片则是设计的。

4. 写剧本的体会

日本编剧内田贤治[1]说：姑且先试着写一次……我在二十多岁的时候也读过几本关于编剧的书，但当我读完这些书，想照着书中的所谓技巧写些东西时，却发现有点吃力。相反，在什么都不懂的情况下，姑且先试着写一次，反而能获得不错的效果。即使进展得不太顺利，只要坚持写到最后，历经一番

1　内田贤治：日本导演、编剧，代表作有《遇人不熟》《放课后》等。

痛苦之后，再回过头来看写的内容，终究会领悟到其中的真谛，甚至会发出“啊，原来如此！”的感叹。

而《剧作练习》的作者说：一位剧作家应该具有尽可能准确的蒙太奇观念。当剧本成型的时候，不管是否已经分好镜头，在文字中对蒙太奇的认识和对光、声音的认识一样，能够刺激想象力；能够找出一种用文字无法表达的方式，通过一个特写镜头、一种目光、一个细节来使一个场景变得有生气，使一个动作变得神经质和僵硬。这段话提示我们，编剧要有影像思维的能力。无论怎样，剧本写作是通过文字，通常的文字写作的思维方式是非影像的，这是编剧需要重视的地方。很多著名的作家，去了好莱坞但写不出好剧本，思维方式肯定是原因之一。

著名作家编剧契诃夫[1]说：最好避免一切关于心灵状态的描写，应该努力通过动作来让观众了解人物的内心世界。

小说可以通过文字描绘出的心灵，在银幕上是不可见的。那么心灵的状态，必须在剧本中将这内心的活动通过人物的行为语言等方式外化出来，变成可见的。

日本导演行定勋[2]说，与编剧合伙创作剧本，可以节省时间。他会把大部分的故事都告诉编剧，表达出自己想做的事情

1　安东·巴甫洛维奇·契诃夫（1860—1904）：俄国小说家、剧作家，代表作有《变色龙》《套中人》《海鸥》《樱桃园》等。

2　行定勋：导演、编剧，代表作有《在世界的中心呼唤爱》《北之零年》等。

内容。然后编剧把这些内容记成笔记或用大脑记忆并带回去创作，等成型之后，就会知道哪里不一样。然后他再把这些不一样的地方全部进行修改。同时，有一些好的内容，如果觉得很有意思，就会置换进他的作品里。像这样与编剧们的几轮切磋之后，渐渐地就会看到电影呈现的一切。

这种方式是很多导演乐于采用的。他们利用编剧的大脑为自己服务，更好的选择是导演自己写剧本。库布里克、诺兰、安东尼奥尼、科恩兄弟等导演都是亲自操刀创作剧本。

关于剧本创作还有很多经验总结，那些动手写过剧本的人，无论是编剧还是导演，他们的这些写作体会在我们今后的写作中，说不定什么时候就会从记忆深处冒出来，给我们一点儿提示或者安慰。

有人说剧本就是做加法，把素材按照一定的原则和目的罗列起来。也有人说剧本最重要的是做减法，舍去那些让你激动不已、爱不释手的情节或者细节，这样才能保证整个剧本的节奏。总之，我们在动手写剧本以后，一定会遇到属于我们的困难。当我们战胜困难之后，我们也能够总结出属于我们的经验。

剧本与小说不同，写完拿给别人看很重要。别人的意见，尤其是批评意见，会促使我们想出更好的解决办法。换句话说，小说更是个体创作，可以不计成本，因为成本很低，作者可以任性一些。但一个成本再低的电影也是很大的成本，编剧的位置虽然也和小说家一样，做的是从0到1的事情，但他也是电影整体创作的一个环节，没有小说家那么多的独立性。这一点我们不妨看成是职业编剧的素养之一。

5. 编剧学习的特殊性

编剧教学和其他与创作有关的教学一样，所有理论层面的学习都需要个人修养的帮助和滋养，最后才能落实到技能和风格上。

编剧教学中的一个部分是了解电影史，即学习、分析电影史上的优秀影片的结构、故事类型，剖析人物性格，等等。随着学习过程的深入，我们对这些优秀影片的理解和消化都获得了提升。但这不意味着可以直接帮到我们的剧本写作。我们开始动笔写剧本时，仍然没有胸有成竹的把握。有的同学感觉，学习过的理论和方法，在创作时忽然飘到很远的地方，完全帮不上忙。而有些在理论学习方面并不出色的同学，剧本也有可能写得很不错。综合看，我们的这方面学习结合具体的创作，收效更好。具体创作中暴露的问题，我们去电影史上去找解决办法。之后，我们发现，我们遇到的问题，前辈早就战胜了。

创作，如果我们把它也理解为一种技能，那么与其他技能相比，这个学习过程很个人化，因为没有统一的艺术标准，所以也很难概括出放到任何人那里都好用的学习方法。学习外科手术，学习编写电脑程序等，也是很复杂很困难的学习，但其中的变数不大，认真学习总能掌握这个技能，掌握得好或坏是另外一回事。在艺术创作领域，很多努力钻研的人最终并没有成为真正的创作者。也许，创作根本就不是一种技能，我们可以清楚地将它剖析开来再整合，但我们从中掌握的一切，每个学习者在运用之后得到的结果不同。因此，我们不妨带着一点敬畏心理，从外围一点一点渗透，去接近它，了解它……等我们与它相关的一切慢慢熟悉之后，也许我们就会创作了。因为这样的过程，我们对此的热爱变得十分重要。

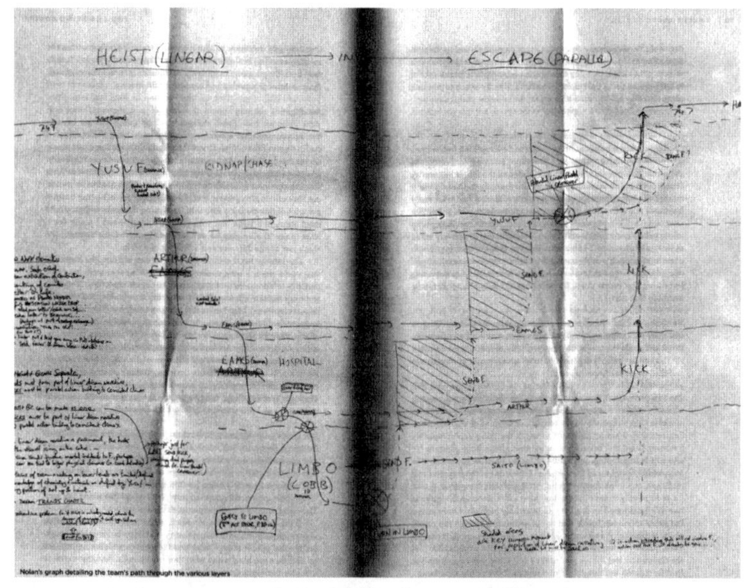

图2.4　诺兰在《盗梦空间》中的手绘地图

剧本应该怎么写，这很容易说清楚。但你清楚之后，写出来的作品并没成功，是理论不对还是你没学对？总之，这里面是有“玄机”的，其中的原因又与每个个体的差异相关，这里就不展开细说了。

6. 剧本不能这么写

在我们学习剧本应该“怎么写”之前，了解一下剧本不能“这么写”很有好处。剧本与小说的写法有很多区别，前文引用过契诃夫的话，剧本不要做心灵描写，而这却是小说的长项。剧本中我们不能写一个人怎么想，人物只能通过对话、行动和表演外化。

有经验的编剧也会考虑到自己所写的一切，变成电影要花多少钱，是否有实现的可能性。……五十架飞机突然浮出山顶，冲向正在激战的阵地……这一句话也许需要制片增加影片百分之二十的预算才能实现，真的有必要吗？

《剧作练习》的作者在书中举出的例子我们可以参考一下。“布尔东大街33摄氏度”，这是一句小说的描述，对于小说来说，这样的文字不仅精准、简练，还能体现作者的扎实描绘风格。一句话包含了地点、季节和温度。但是，把这句描述放到电影中，如何表现呢？是弄个温度计，还是正在播报天气预报的半导体收音机？我们看看剧本的表达。

布尔东大街，外景，日。

行人手里都拿着衬衫，他们在正午的烈日炎炎下慢慢地行走着。其中一个行人倒在一张长椅上，他身旁的上衣已卷成一团，他擦干满头的大汗，等等。[1]

这些词本身都不重要，但为导演提供暗示。由此引出情境，不仅仅提供镜头、画面、声音、表演风格，还确定了拍摄条件、资金、行人、群众演员……

剧本转化为电影，并不是一对一的。剧本上写有三万人在海滩上，电影里就真有三万人？电影里的人看上去好像比三万更多。其实这与精准的数字无关。诺兰的电影《敦刻尔克》中就有很多等待撤退的士兵，我们在影片中看到的画面感觉是成千上万的，但他实际调度的群演并不是很多，很多士兵是用纸壳子做的假人。

但是，剧本不需要精准吗？

他忧郁地经过客厅……

这是剧本书写中很忌讳的不“精准”。忧郁地经过客厅有太多可能性，就像人家问我们想吃什么，我们说随便一样。随便，就是随便吃什么都行，但很有可能什么也吃不到，因为没有一样吃的东西叫随便。

1 让-克洛德·卡里叶耳、帕斯卡尔·博尼茨：《剧作练习》，梅峰、刘捷译，中国电影出版社，2001。

我们可以写：他低头慢慢经过客厅，没有抬头看任何人（说明客厅里还有其他人）；他经过客厅时，目光看着客厅的远处，好像人已经忘记自己在走路（演员的表演）……我们还可以举出很多可能性，无论哪种可能性，都要给导演或演员提供“抓手”，让人家知道可以依据什么，接下来怎么做。有人说，编剧也是即兴的演员，他们在纸上表演。有很多编剧也都有过类似的经验，他们在写剧本时，哭哭笑笑，感觉自己也在表演。

“只因为你觉得这个构想妙不可言，并不意味着就是应该写的东西。”[1]《你的剧本逊毙了》的作者这样说。尤其是初学者，很容易动笔写自己脑子里忽然蹦出来的奇思妙想，他们认为这样的奇思妙想一定能够成为惊世之作，毫不怀疑地一气呵成，然后跟所有批评这个剧本的人辩论甚至吵架。

不要写突发的妙想！因为任何一个与写作有关的想法和冲动，它在头脑中的存在无论怎样完美，变成书写出来的存在之后，极有可能面目全非。每个作者，除非个别天才，都经历过类似的眼高手低阶段。创作的练习和实践其实就是消灭这两者的差异，让一个好的想法变成一个好的作品。很多初学者脑海里令自己激动不已的想法，写出来之后很有可能触动不了任何人。而让这两者非常接近，甚至最后呈现出的作品比想法更

1　威廉·M. 埃克斯：《你的剧本逊毙了》，周舟译，北京联合出版公司，2018。

好，这过程需要练习，需要经验。

再有，我们被突发奇想笼罩，万分激动时，往往已经处在情绪当中。在情绪中动笔写，也有成功的例子，只是相比之下失败的例子更多。在情绪中，尤其是正面情绪的鼓舞下，我们会忽略理性思考。很多动笔前应该考虑到的因素我们也会忽略，这是冲动写作的弊端。

剧本不同于小说。剧本是给二度创作提供蓝本和基础的，因此编剧需要考量的方面和因素比小说作者更泛更多。一个冲动的编剧遇上同样的导演和制片，通常都是浪费钱，作品成功与否全靠天意。没有周全的考量，我们就放弃了可以控制的东西，而可控的部分一直是电影工业的核心：要把风险在开拍前规避掉。奈飞对自己投资的影片绝对遵守规避风险的原则，他们投拍《毒枭》这样的剧，也许最好的结果能达到80分，而《绝命毒师》这样的剧可能冲破90分，但也可能完全不成功，低于70分，奈飞就不会投拍后者。作为编剧，这是我们需要了解的。总之，控制是电影领域里的一个褒义词。

《你的剧本逊毙了》的作者对那些突发的奇思妙想有如下建议：花时间拍拍它的头，把它里朝外翻出来看看，左右任意扭转，让它更有趣些。问自己一些问题：我怎么做才能让它更好？它是不是像我看过的某部电影，有没有什么是我们从未见过的，别人凭什么要对这个故事感兴趣，有没有什么能让人们迫不及待地告诉他们的朋友，它能触发一种强烈的情绪反应

图2.5 《绝命毒师》海报

吗？我们从前见过它吗？我怎么才能让它更酷更俏皮、更绝妙？我是不是只是把别人的电影又老调重弹了一遍，还是其中灌注了我自己的一部分灵魂？我怎么才能从这个构思构想出发，并使它迸发出令人惊异的火花……

这些都可以变成我们的自言自语，然后脑袋里的妙想就会呈现另外的面目。

7. 限制和自由

上面我们谈了很多，剧本不能怎么写，都属于剧本的限制。在通常的概念中，限制往往是不利于创作的。但是也有相反的看法，日本导演古泽良太认为，当有人对他的剧本说那样不行，而开始认真考虑怎么办的时候，才是开始使用之前从来

图2.6 罗伊·安德森为Trygg-Hansa公司拍摄的保险广告

没有用过的脑细胞。所以那些限制和不自由越强烈，越能形成有趣的内容。

古往今来，关于限制，很多创作者都有不同的理解。有人认为古典戏剧所遵守的三一律就是一种限制，但也没妨碍产生那么多优秀的戏剧。有的小说家认为短篇小说也是“戴着镣铐跳舞”，充满限制，而世界文学史中短篇佳作比比皆是。限制，在艺术创作过程中，也有很多心理层面的投射。如果我们接受它，在心理上就可以减弱很多它带来的禁锢，也能更好地突破它。

在与电影相关的广告行业里，限制是最突出的前提。几乎每一个广告都是主题先行，没有一个广告是冗长的。但这没有妨碍优秀的广告所产生的艺术性，给我们带来强烈的视觉冲击和美好的回味。日本导演行定勋说，虽然广告是在某种条件约束下进行的创作，但这种创作方法很愉快。“乍一看可能会觉得不自由，但没有迷茫的部分，反而更能够自由地展开想象。反之，随便创作的方式会很棘手。如果想拍摄独立电影，确定好适合自己的束缚之后再去做，或许会比较好。独立电影的自由是理所当然的，但限制自由的内容反而会产生创新性，进而也能够看得到自己想创作的东西。”[1]

对于文艺片，这绝对是一个忠告。

1　泊贵洋：《十位日本金牌导演谈剧本》，袁琨译，华中科技大学出版社，2017，第296页。

三

走进剧本

1. 剧本中的冲突

先说两句关于剧本冲突的题外话。电影或者电视剧虽然是艺术产品，但制作过程涉及较为巨大的投资，这些都变成制约剧本创作的因素。就此，我们可用欧洲文艺片和美国好莱坞大片所遵循的不同模式，简单说明一下。

我们先粗浅了解一下好莱坞电影模式的大致规律，因为好莱坞电影的模式已经深度影响了世界上多数观众的观影心理。换句话说，这个世界上多数电影观众已经习惯了好莱坞的冲突模式，他们完全可能在伯格曼或塔尔科夫斯基的电影中沉睡。

欧洲文艺片的冲突模式呈现出的更多的是多样化和风格化，充分体现个性，那么在电影共鸣上相比好莱坞电影，稍显弱势。这个集中表现在他们对剧本冲突的不同理解和不同处理上。

我们熟悉的日常生活也存在冲突，但它是分布在漫长的日

图3.1 《边境杀手》剧照

常生活常态中，而日常生活的常态几乎是一成不变的。每当生活中发生了一件具有冲突性质的事情，我们都会有这样的感觉：正常的日常生活停止了，一切让位给面对冲突。即使日常生活还没完全停摆，也只是应付而已，身心重心已经完全不在那里。其实，这就是我们熟悉的日常生活的平衡，一个人的成功失败和兴衰起伏，分散到漫长的一生中，带给他人的感觉或许有感慨感伤，但已经没那么强烈了。

我们完全可以这样理解：在日常生活中，时间冲淡了冲突。

电影剧本中的冲突，为了达到强烈的效果，首先要挤出时间，让冲突在短短一个半小时之内发生，电视剧中的冲突也不过散布在几十个几百个小时里发生。这样，时间变成了冲突的有利条件，因为时间的缩短，冲突变得强烈了。

2. 什么是剧本冲突的核心

我们可以把剧本中冲突的核心理解为反作用力。

一个进入都市想变成明星的乡村女孩，一进城就碰到好莱坞的大制片人大导演，被赏识并且得到培养，一部电影便走红……这样的情节就没有冲突，因为没有反作用力。一如动作片，杀手受命暗杀某人，找到对象一枪毙命，完成任务……电影就没法往下进行了。

所以，冲突就是情节通向目的地过程中所受到的阻碍，是反作用力和正向力量互相间的较量。最后，哪一方赢得了胜利，便是编剧实现的预期。观众跟随剧情，对最后的结局满意或不满意并没有那么重要，重要的是过程中被深深吸引，这就是好莱坞电影冲突应该有的效果。这样的例子我们随手可以举出,《虎胆龙威》《教父》等，类似的成功影片很多。

我们可以看另一个例子，由柯南伯格导演、莫特森主演的影片《暴力史》。这部影片集中了文艺片和商业片的两方面特点，非常精准地展现了冲突，收到冲突该有的紧张效果，但同时又与好莱坞电影有所区别。由莫特森饰演的汤姆，过着普通而幸福的生活，有工作有家庭。但他工作的店铺遭遇的抢劫，划破了他日常生活的平静。故事展开的过程，我们看到了人物在面对过去和未来时所做出的抗争，了结自己过去生活的遗留，赢得了观众的信任和共鸣。与其说这部影片展现的是暴

图3.2 《暴力史》剧照

力的历史，不如说它表现了人们面对暴力的心路历程。

一部好的影片，在冲突设置表现上完全可以超越套路。

3. 剧情的发展

剧情的发展，就是剧本的结构。

剧情中有时涉及一个冲突，有时涉及几个冲突，比如复合的情节线等。我们按照一个计划，将情节从开头展开，经过各种阻力，通过情节的设置、人物性格的展示，逐步推向情节的高潮，走向结局……这就是发展。发展的过程所遵循的计划就是剧本的结构。

剧本结构规定了剧情发展的路径，也规定了推进的速度。

怎样设置有助于冲突的各种反作用力，怎样让正向力量与之较量，这是编剧展现想象力和才华的用武之地。

2020年的影片《让他走》，由伯祖查导演，凯文·科斯特纳主演，虽是小制作但没影响情节发展中产生大波澜。故事既日常又简单，但整个情节推进发展之后的惊心动魄出人意料。退休警长乔治·布莱克利奇和妻子失去了儿子，儿媳带着他们的孙子改嫁，新丈夫对他们母子有家暴行为。退休警长夫妇得知后，决定去另一个城市解救他们年幼的孙子。他们要面对的那个家庭有暴力的传统，好说好商量无效，退休警长夫妇更加坚定了解救孙子的决心……最后的高潮和结局令人震惊。这不仅仅是剧情的简单反转，人物的塑造包括心理变化的

图3.3 《让他走》剧照

细微刻画也令人动情。

著名导演大卫·芬奇几乎所有的电影，在剧情发展上都可圈可点。很有名的《七宗罪》和《消失的爱人》堪称剧本的教科书。两部影片剧情发展的悬念和反转都给观众留下了深刻印

图3.4 《七宗罪》剧照

图3.5 《消失的爱人》剧照

图3.6 《恐怖游轮》剧照

象。《七宗罪》中的罪犯约翰·杜（凯文·史派西饰）可以说是电影史上塑造最成功的反派之一。《消失的爱人》中的艾米（裴淳华饰）同样也是成功的负面人物。漂亮的外表，同样出众的智商情商，与内心的阴暗和狠毒形成强烈反差。这两部影片的剧情发展紧密关联着人物的刻画，使观众沉浸其中的不完全是悬念，还有人物带来的心理“刺激”，这些人物的行为令观众慨叹——居然可以这样！相比之下，电影《恐怖游轮》（克里斯托弗·史密斯导演）虽然也是一部出色的心理悬疑片，但人物产生的震撼稍弱。

如何将人物塑造和剧情推进有机地结合起来，我们在后面专门章节展开论述。

四

剧本中的故事

1. 今天的故事怎么了

嗨，故事，好久不见，最近都好吗……假如我们对银幕上的故事打个这样的招呼，它不会回答我们。但罗伯特·麦基在《故事》这本书中，开篇就回答了我们的问题。他告诉我们：故事衰竭了。

我们抛开文学范畴中的故事，单就电影银幕上的故事做一个设想：电影诞生以来，银幕上被讲过的故事成千上万，难道它们都是新的？难道它们没有被复制过？这显然是不可能的。

我们再把故事和人生联系起来，把剧本中的故事与我们对人生的思考联系起来，那么故事这个概念在我们的感觉中悄然变化了。故事，其实是我们讲述的生活，是表达我们对生活理解的一种方式。我们的生活日新月异地变化着，故事的源泉也不断地涌出新奇。虽然太阳底下已经没有真正意义上的新鲜事，但我们总能找到把历史上重复发生过的事情，重新讲述下去的理由。当年的《红楼梦》到了今天便是《安娜·卡列尼娜》，故事的侧重逐渐变成如何在银幕和观众之间建立理解和共鸣。

麦基指出的故事衰竭，更多的是指好莱坞电影工业中，故事作为原材料，被发掘的高成本和好故事的匮乏。他还认为，如今出现的各种新媒体，不仅丰富了故事的表达方式，也使故事不再受国界和语言壁垒的限制，传播越来越广泛。但这却导致了讲故事的整体水平下降，这似乎很令人费解。其实，细想这是一种逻辑的必然，因为各种媒介对故事的饕餮需求，把故事的生产带入了快节奏，以便满足文化消费的需求。为此，我们所付出的代价便是——牺牲故事的质量。时间，在艺术生产中的作用是无法估量的，对此，在以后我们的艺术实践中，我们会有更深刻的体会。

几十年来，好莱坞总是斥巨资开发剧本，从改编名家名篇到挖掘新人新作，好莱坞一直保持着自己的优势。在欧洲的电影经历各种浪潮冲击，从意大利的新现实主义到法国的新浪潮，涌现出很多优秀导演编剧之后，好莱坞不仅生存下来，而且填补了欧洲电影留出的很多空白，仍然保持着自己在世界电影的主导地位。尽管这样，好莱坞还是传出了这样的声音——好故事太少了。好莱坞缺乏好故事的原因，在麦基看来，就是编写故事的这门手艺已经接近失传。

2. 讲故事是门手艺

讲故事，如果我们把它看成是一门手艺，这可以帮助我们获得更好的心态，更好的出发点，去掌握如何写好一个故事的技能。

我们把讲故事当成一门手艺，会有人觉得这是对创作的亵渎。有些创作者把艺术抬到至高无上的地位，并不是通过他们的作品，而是他们的论调。一个缺乏创作基本手艺的艺术家，制作出来的劣质作品，只能帮倒忙，让艺术从神坛上跌落下来。一个要成为作曲家的人说，我听过很多交响乐，我也会弹钢琴，所以这个周末我恰好有空，就可以写个曲子了……麦基认为作曲家不能这样产生，他需要去音乐学院学习音乐理论和实践，需要精通钢琴！也就是说，他需要首先当学徒，掌握作曲这门手艺。

比起作曲家，编剧显然是门槛更低的艺术门类。有更多的人认为自己会写日记，看过很多电影，甚至是风格不同的电影，写一个剧本所需的条件都具备了，可以开始创作了。况且，他们是成年人，有一定的生活积累，也能对生活进行观察和反思，只要动手就差不多可以称为成功的编剧了。这就要看差多少算差，很多人也是这样成为编剧的，所以这也是观众离开电影院越来越失望的原因所在。除此之外，人们对生活的认知，随着价值观念的更迭，呈现出的复杂性，也把我们面对的世界变得更加复杂。剧作家需要重新审视的一切，再遭遇今天的快节奏生活，留给沉思的时间少之又少，这都使得剧本创作变得艰难。这些都在减弱故事的纯粹性能够带来的感染力。

3. 故事和观众

电影中的故事是对生活做出的一个比喻。

编剧有责任让生活中的人明白这个比喻，明白这个比喻的意义所在。电影和观众的关系大致可以总结为，好的剧本要通过表现生活，在观众心里建立通道，通向对生活的新理解。编剧的责任在于唤起观众的共鸣，共同升华到对生活的重新理解。

生活中发生的事件，在它发生之后就变成了一个事实。编剧通过故事的方式重新阐述这个事实的时候，会加入自己的思考和理解，从而赋予这个事实新的含义。例如圣女贞德这个历史人物多次被改编过，在改编的作品中，她也呈现了不同的性格和精神境界。

日本电影《七武士》是著名导演黑泽明的作品，它被多个国家翻拍过，其中就有好莱坞翻拍的《豪勇七蛟龙》、意大利翻拍的《神鬼七武士》等。所有的翻拍目的都在于增强与观众的亲和力，为老故事注入新理解。《幸福的黄手绢》是一部从美国电影翻拍的日本电影，对东方人来说，翻拍后的日本电影更符合东方人的感情方式，也更令人动容。

图4.1 《七武士》剧照

图4.2 《幸福的黄手绢》剧照

作为剧作家不要轻视观众，不要像作家那样只为表达自己而写作。对观众的尊重也是剧本成功的一个因素。尊重观众与迎合观众是有本质区别的，这是不言而喻的。我们前面说过电影的故事都是设计出来的，了解观众并且尊重观众可以帮助我们更好地揣摩人物的心理，设计故事的走向。这样可以避免自以为是的写作，避免自我膨胀带来的狭隘。

一个经验丰富的编剧最后讲完的那个故事，呈现到银幕上之后，我们稍做分析不难发现，他应用的形式即使有所创新，所占比例很小，但所谓陈旧的形式并没妨碍影片给我们留下独一无二的印象。《拯救大兵瑞恩》改编自一个真实的故事，完全符合好莱坞的电影模式。一支八个人组成的小分队要冒生命危险，在战场上去寻找一个下落不明的二等兵瑞恩。因为这场战争已经夺走了瑞恩三个兄弟的生命，他是他母亲尚还拥有的唯一儿子。八个士兵寻找一个士兵，他们遇到的危险就是影片的阻力，结尾的未知——他们能否找到瑞恩，他是否还活着，就是悬念。八个找人的士兵自己能否活下来也是悬念……相信每个看过这部电影的观众都会给予它很高的评价。这也是电影创作者和观众的纽带，联结他们的不仅仅是故事的悬念，更是故事中由编剧赋予的对生命的思考：即使付出八个人的生命，也要为一位母亲寻找她的儿子，这是否值得?!

不忘观众，对剧作家来说就是手里还有联结观众的纽带，这与讨好观众无关。麦基认为有两种坏剧本，一种是个人故事的剧本，另一种就是保障商业成功的剧本。后一种情况最明显的创作动机就是讨好观众，而观众是无法讨好的。有人说，我们无从知道观众喜欢哪类故事，因为他们自己也不知道自己到底喜欢什么，到底想要什么。《你的剧本逊毙了》的作者说，观众以为自己想看《大白鲨》那样的，实际上《星球大战》火了。他们只有等你给他们的时候，才知道他们想要什么……换句话说，我们需要给他们独特的东西，让他们眼睛一亮。

麦基提到的“个人故事”的剧本，更是我们需要避免的。诸如“结构性欠缺”只是对生活片段的呆板刻画，错误地将表象逼真当作生活真实。最终，即使观察得细致入微，这类影片表现的事实也只能是小写的真实。自我会挡住作者深入世界的表象之后、之外、之内、之下的探索，因为只看到“我”即作者，并不关心“我”之外的存在。

4. 故事、生活和我们

故事可以和娱乐等同起来吗？

故事可以让我们感到愉悦，但它的内涵远远大于娱乐。

现在有些影片过分追求娱乐，胡编乱造歪曲生活进而达到取悦某些观众，取得票房的目的，这些做法都是要付出代价的，因为它是错的。

故事也不能和生活等同起来，虽然它来源于生活。

故事很像我们对生活的某种渴求，仿佛我们可以通过故事经历一次我们在生活中无法完成的事情。

电影《阿甘正传》中的小男孩阿甘，从小身体残弱受人欺负。生活中有无数男孩有过跟他一样的处境，但生活中的那些男孩在成长过程中，又有几个能像阿甘那样，变成一个勇敢的人，变成一个能够主宰自己生活的人？很少，非常少……那么阿甘的故事就会深深打动这些人，对他们来说，这场观影就是一次浓缩的人生之旅。他们跟随阿甘上战场、打乒乓球、养虾发财、跑步……等来自己心爱的女人，有了自己的孩子……

阿甘的故事对于感同身受的观众来说，是他们对自己生活的探索，他们被阿甘的故事感动之后，也许会对自己的生活生出新的思考。这就是故事的神奇之处，尤其是电影讲述的好故事，它的感染力比小说更强烈。所以，电影讲述一个故事，就是一个承载我们的空间。在那里，我们比在生活中更容易有所

图4.3 《阿甘正传》剧照

思考，更容易有所感悟。也许它是虚拟的，但这个虚拟的故事产生的动力却是真实不虚的。有多少观众的人生改变源自一部电影？！

故事也向我们细腻地展示人物的内心世界，无论善恶，都会因为电影的特性让我们看得更加真切。故事展示的一切，往往是通过打破某种平衡和平静，让人物进入冲突的完整过程。这是我们在生活中很难做到的，我们本能地害怕面对冲突，一如我们害怕面对自己的内心，不敢面对真相。这一切归根结底是我们不愿意起冲突！在漆黑的电影院里，我们像隐身的观众，静静地观看故事中人物间的冲突，最后留给我们的感受或多或少会跟我们的个人经验有所联系。我们从中获得了启发，从中获得了感动，从中获得了警示……无论怎样，故事把现实中的我们“带到”了现实之外的某处，给我们重新审视自己生活另外的一个角度。

所以有人说，要是没有冲突，就没有故事。故事的推进依靠冲突的发展。而生活中充满了冲突，要么面对，要么回避，生活和故事在本质上没有区别。

5. 编剧如何感觉他的故事

作家陀思妥耶夫斯基说，一共只有两类故事：一个人踏上未知的旅程，一个陌生人来到平静小镇。

是的，无论哪一类故事，总有一方是神秘未知的，要么是观众熟悉的某人踏上未知的旅途，要么是让小镇人也让观众感到陌生的外来人……故事必须向听故事的人遮挡一部分。

创作者的故事，有的来自一时冲动的奇妙想法或者灵感，有的则是苦苦思索的结果。有的人是想象力丰富的天才，他的故事也许会从天而降；有的人则是生活中最好的观察者、体会者，他的故事来自人群或者坊间。无论哪一种情况最后都指向一点：故事是现实和想象之间的存在，它需要从两方面获得营养。

充分利用我们所掌握的讲故事的技巧，无论天才编剧还是蹩脚编剧，也无论作品中的故事来自想象还是生活，最后故事中的一切必须变成一个有机体，故事必须获得完全崭新的生命力。只有这样的故事才是成立的故事，才能是一个好故事。

日本著名导演小津安二郎的御用编剧野田高梧写过一本书叫《剧本结构论》，这是一本关于编剧的好书。作者所写的很多来自经验而非理论。我们看过很多小津安二郎的电影，每次安静享受地看一部他的片子，看到结尾眼泪掉下来，然后恋恋不舍地走出影片……这时才想起来，回到片头看一眼编剧是谁。编剧几乎总是野田高梧！野田高梧的剧本几乎是一成不变的，但总能赢得我们的眼泪。这是怎样的奥秘？！

野田高梧的电影不仅能把观众带入剧情，也能将其带入环境。阳光明媚的火车站，远处樱花盛开；阴雨连绵的春天，庭院角落里的一簇野花；蓝天白云下平静的大海，一条小船靠岸了……这些首先是编剧的兴趣侧重，在《剧本结构论》这本书里，野田高梧引用布鲁诺·陶特游记的一个部分，我们先看看，然后再看看野田高梧对这段文字的理解和感受，这有助于我们了解，编剧如何感觉他即将创作的故事。

2月7日（1936年）横手—六乡—大曲

早上，在两个钟头的车程后，抵达横手。回冷的空气非常清爽，让人强烈地感觉到自己还活着。身着这个地区特有服饰的美丽妇人们（遇到了手里拿着杏花花枝的妇人，她们朴素而清新，非常美丽）让人联想到西伯利亚的女子。男子的服装也完全是俄罗斯风格，一点日式的特征也没有。

停车场上有着各式各样的箱型雪橇，路上，我们遇到一些像马车一样的，有帐子的雪橇，彩色的，像玩具。这个地方的人给人的感觉很好。冬天的雪景也非常漂亮，城市后面的高山上闪烁着积雪，雪中有很多雪橇来往。

横手车站的站长热情地欢迎了我们。听说我们要去六乡后，还派了车站工作人员来陪同。车站前面停着箱型雪橇，前面有个小窗，乘客可以从这里向外眺望。路上的积雪有一米半到两米深。路旁人家的一楼都埋在雪里，有时就连二楼也不能幸免。雪路有点泥泞，很滑，上面穿行着人力手推雪橇和马拉雪橇。从马路到两旁人

图4.4　导演小津安二郎（左）和编剧野田高梧（右）

> 家门口是雪楼梯。穿着劳动裤的人们——女人们也都穿着劳动裤——打扮得像熊一样，孩子们也都穿着劳动裤。[1]

野田高梧对这篇游记的分析可以帮助我们非常直观地学习到，怎样发现有用的素材并在素材间建立联系。他说，游记中很直观地描写了横手早上的雪景，它逼真得仿佛就在眼前。但是，无论雪景还是游记中记录的别的人和事情，在这个记录中都没有特定的联系，仅仅是记录。

> 我们假设：在下雪的横手，陶特遇到了拿杏花的美丽女人，被她吸引。这时，一个穿着俄罗斯风格的衣服的男子出现，和女子亲密地一块离开了，陶特见此，不由得感到内心非常寂寞。这样添加联系以后，一个简单的故事就形成了。[2]

现实生活中很多发生的事情，最明显的就是时间的先后顺序。它们有的彼此关联，有的完全没有。按照野田高梧的说法，我们可以把不同的事件组合到一起，赋予它们因果前提等因素，这样，它们就会交缠起来，产生复杂的关系。

1　布鲁诺·陶特语，转引自野田高梧：《剧本结构论》，王忆冰译，江西人民出版社，2019。

2　野田高梧：《剧本结构论》，王忆冰译，江西人民出版社，2019。

“如果编剧不对现实的事情加以取舍和逻辑分析，只是按照他原本发生的顺序去写，故事是不会成立的。因此，要完成一个故事，编剧首先要去寻找适合这个故事的各种素材。接下来是把选择的这些素材按照主题进行调整。按照主题，对几个小故事进行调整分配、修剪、修改顺序，把它们放在一系列的联系之中，让它们保持有条理的因果关系。而且这样的操作不能引人注目，要自然地进行。”[1]野田高梧的这番话，说的也是如何结构剧本。

1 野田高梧：《剧本结构论》，王忆冰译，江西人民出版社，2019。

五

剧本与文学改编

1. 文学改编的成功与失败

由文学作品改编的电影，获得异口同声好评的较少。其中原因虽然很复杂，但也能总结出几个共同点。

（1）文学改编的成功与否

被改编的文学作品非常有名，非常成功，已经被各式各样的读者铭刻在心里。它的思想、情感、情节或者人物，某个方面已经很深地打动了读者。这些读者与作品共鸣的桥梁是读者自己的想象。换句话说，作者在还原文字描绘的一切时，加入了自己的主观投射。“了不起的盖茨比”被菲茨杰拉德用文字呈现之后，读者用自己的想象把这个人物安放到自己的记忆中，于是，就有很多个盖茨比。

于是，这些原著的读者走进电影时，通常带着先入为主的主观期待，他们希望电影呈现的故事比原来更好更全面更丰富，而这几乎是不可能的。《红楼梦》中的贾宝玉，在读者脑海里是不确定的成千上万个形象，最后固定到一个演员身上，结果可想而知。

除此之外，熟悉原著的观众对改编电影的苛求也是后者难得好评的原因之一。很少有观众能把原著和改编之后的电影当成不同的作品对待。在他们看来，故事一样就是一个作品。至于小说和电影作为艺术门类的差别，观众完全不考虑。

在我还很年轻而且涉世不深之时，父亲给过我的忠告，至今仍在我的脑海中盘桓。

“你每次想要对别人品头论足，”他对我说，“都要记住，这世上不是谁都有你这么好的条件。”

他的话到此为止。我们父子交流不多，但素来心有灵犀，我深知这话的弦外之音，于是从那以后，我便从不轻易评判他人。

这一习惯让我见识了许多奇怪的品性，也让我碰到过不少无聊之徒。一个正常人表现出这种特征，某些脾气古怪的人很快就会察觉，并像抓住救命稻草似的缠住你不放，结果导致在大学期间，我曾被人不公正地指责为爱耍心机，因为就连陌生人都愿意对我推心置腹——他们一旦情绪激动，就会向我透露私密的伤心事。其实在很多时候，我都无意去探听他们的隐私。假使有迹象表明，对方即将向我吐露衷肠，我常会假装犯困或心不在焉，乃至不

图5.1 《了不起的盖茨比》剧照

太友善地故意无视，因为那些年轻人的倾诉（他们尤其爱使用浮夸之辞）不是千篇一律，拾人牙慧，就是刻意隐瞒，语焉不详。不轻易下结论，也意味着可以对他们怀有无限的希望，可我还是有点儿担心在这方面出错，所以总是提醒自己牢记——就像我父亲当初颇为矜持地暗示的那样，我也不乏优越感地重申这一点——这种基本的道德观，可不是每个人一生下来都有的。[1]

这是小说《了不起的盖茨比》的开篇，它定下了全书的基调：这是盖茨比的故事，而他是这样的一个男人！

假如我们有兴趣，我们可以把故事展开后所有与盖茨比有关的发生，在这几段话里找到对应。这段内心独白之后的盖茨

1　弗朗西斯·斯科特·基·菲茨杰拉德：《了不起的盖茨比》，巫宁坤译，上海译文出版社，2006，第1页。

比几乎立刻在读者心里站了起来。那些不止一遍读过这本书的男性读者，他们在青春期和中年事业有成，或者事业失败时的重读，也会更加丰富他们对盖茨比的印象，因为这与他们对盖茨比的感受和理解有关。我们看电影《了不起的盖茨比》的开头，它几乎很精准地表达了我们阅读原著开头的心理感受，但是，之后影片围拢出的氛围就不再能统一观众的口味。很多看过原著的人觉得电影的氛围有别小说，缺少真正的忧郁色彩，这个氛围中的盖茨比也缺了什么……

> 他转身走出去。我望着门关上。我聆听他的脚步顺着仿大理石长廊走开。过了一会儿声音渐小，终于静下来。我还是继续听。听什么？莫非希望他突然止步，转身回来，说服我改变心中的感受？算了，他没有。那是我最后一次见到他。
>
> 我再未见到他们中的任何一位——除了警察。还没有人发明告别警察的方法。[1]

这是著名小说《漫长的告别》的结尾。钱德勒所写的几部侦探小说，从人物刻画到语言幽默，从情节设置到情感渗透都很成功。其中的《漫长的告别》《长眠不醒》等畅销不衰。这

1 雷蒙德·钱德勒：《漫长的告别》，宋碧云译，新星出版社，2008。

几部小说中的贯穿人物菲利普·马洛在美国家喻户晓，在中国经过村上春树的推荐也有了很高的知名度。我们从小说的结尾便能充分体会钱德勒的小说特点，看他的小说就像在看电影，很有画面感。但《漫长的告别》被改编成电影后，观众在观影时却没有获得看小说时那么强的画面感，虽然影片都是由画面构成的。

独特的小说在读者眼前幻化出的画面感和影片真实不虚的画面也存在差异，一如小说描绘出的氛围和影片拍摄出的氛围，经常有本质上的区别。这区别其实给改编指出了一条新路——将原著和电影看成是两个不同的作品，保证改编作品的自由度，才可能让改编发挥得更好。

钱德勒作为一个著名的侦探小说作家，曾经被著名导演比利·怀尔德邀请改编剧本《控方证人》，它的原著是阿加莎·克里斯蒂的同名小说。怀尔德与钱德勒的合作并不愉快，一如他们之前合作的电影《双重赔偿》，甚至闹到不可开交的地步。最后只好换了个编剧，但这没影响最后的结果——《控方证人》被认为是改编最成功的作品。这与片中饰演各个角色的演员不无关系，无论男主演查尔斯·劳顿，还是女主演玛琳·黛德丽，抑或是配角艾尔莎·兰切斯特，他们的表演都堪称完美。但这部电影最后的成功应该归功于导演怀尔德，他强硬的坚持战胜了钱德勒作为剧作家的固执己见。有人说，一脚迈进好莱坞想赚钱的钱德勒，一直没把另一只脚也拿

图5.2 《控方证人》剧照

进来。这是很多作家无法成为优秀编剧的原因，那些在好莱坞干过活的著名作家，比如海明威、菲茨杰拉德、福克纳等，作为编剧是令人头疼的。

（2）成功改编的共同特点

首先，原著并不著名。其次，原著有一定名气，但具有良好的改编条件。再有一种情况是，很多成功的电影改编于社会新闻，严格意义上说，这已经不属于改编。

影片《美国往事》改编自大卫·阿森朗的自传体小说《流氓》。这本小说至少在中国远没有电影《美国往事》名气大。导演赛尔乔·莱昂内初读这部小说时，认为小说的故事很有电影感。于是，立即着手改编这个故事，为此错过了执导《教父》的机会。如今令我们痴迷的《教父》，当年如果由莱昂内执导会不会更出色，因为《美国往事》比起《教父》毫不逊色，它们都是电影史上位居前列的优秀作品。

莱昂内的《美国往事》所讲述的故事，也是时间跨度很长的美国社会的沧桑变幻。从20世纪早期的移民潮和帮派混战，到60年代的民权运动和反战运动，导演赛尔乔·莱昂内饱含深情地讲了一个黑帮的兴衰和幻灭，他将自己的情感藏匿到影片的深处，我们看到当年聪明狡猾的男孩麦克斯，如何振兴自己的帮派，如何走上政治舞台，最后跳进垃圾粉碎车……雨后的街道，街灯照在湿漉漉的路面，垃圾车轰隆隆地开远了……

"拍摄《美国往事》是我做了11年的一个梦。"莱昂内说。电影拍摄完，他迫于制片人的压力，必须考虑票房重新剪辑影片，他的梦也逐渐破碎了。这部他倾注太多情感和精力的影片，当年被评为最差的电影之一。这之后莱昂内没再有过电影创作。我们现在看到的《美国往事》分别有三个长度的版本：两个多小时、四个多小时、七个多小时。也许，梦想被现实击碎的那一刻，才是最真实的现实。

《教父》也是成功的改编范例。马里奥·普佐的长篇小说《教父》在美国文学史上也是数得上的佳作之一。小说《教

图5.3 《教父》剧照

父》所描写的内容——黑手党的家族史，非常适合被改编成电影。成功的编剧、导演和演员的努力，共同促成了这部作品的诞生。影片所展现的黑手党家族的兴衰，抛开黑手党这个定语，我们也看到了一个家族的分崩离析。时间过去了几十年，现在重看《教父》仍可以沉迷其中，被它打动，甚至被更深地打动。这不仅是电影的魅力所在，也是值得我们思考的方面。

意大利作家瓦尼·阿尔皮诺的长篇小说《闻香识女人》曾两次被改编成电影，其中最成功的改编是由阿尔·帕西诺担纲主演。这部影片最终获得了奥斯卡最佳男演员奖和第50届金球奖最佳影片、最佳编剧奖。成功改编自文学作品的电影佳作虽然少于失败之作，但也不难找到。

此外，有些电影最初的原型或导演最初的想法并不来自文学，而是社会新闻。有兴趣的人可以做个统计，那些因一则社会新闻而产生灵感或创作冲动的佳作又有多少。迈克尔·哈内克执导和编剧的电影《第七大陆》，据说就是受一则报道启发而创作的。

（3）成功的改编需要良好的“嗅觉”

所谓“嗅觉”，不妨理解为，编剧能从原著中发现他们自己作品的安身立命之“本”。这个“本”是什么？安东尼奥尼的《放大》改编自拉美文学中的一篇小说，他从中捕捉到的那种感觉——真实的不确定属性——变成了他电影作品的主题。他编写的剧本故事已经与原来的故事大相径庭了，但神似仍在。这个“本”在不同的编剧导演那里的表现也不尽相同。

在剧本改编方面最有发言权的应该是导演库布里克。他先后改编过很多部著名的小说，这其中包括美国作家纳博科夫[1]的《洛丽塔》、安东尼·伯吉斯的《发条橙》、斯蒂芬·金的《闪灵》、汉弗雷·科比的《光荣之路》，以及施尼茨勒的《梦幻故事》（电影名《大开眼戒》）、威廉·马克佩斯·萨克雷的《巴里·林登的回忆》（电影名《巴里·林登》）、古斯塔夫·哈斯福特的《短期服役》（电影名《全金属外壳》），等等。这些著名的作品内容不同、风格各异，但没有一部改编失败，因为

1　弗拉基米尔·纳博科夫（1899—1977）：美国作家，代表作有《洛丽塔》《微暗的火》等。

它们都变成了库布里克的电影。时间给我们带来了更广阔的视野，我们可以脱离当年的票房成败，从电影的构成、电影的语言、电影的艺术风格等诸多方面去体会和学习库布里克的电影。

> 能够拍摄成一部电影的完美小说是……主要关注人物内心世界的小说。它会针对一个人物在某一时刻的想法和感受给改编者一个绝对明确的方位，从这一方位出发，改编者可以创造出与原书的心理内容有客观关联的各种人物行为，并且能够准确地改编剧本。

这是库布里克关于电影改编的说法，这段话对一个内行编剧或导演来说，简直就是指明了路径。内行编剧或导演，表面看这是一个矛盾的说法，其实是很符合实际情况的表达——现在有很多编剧和导演都是外行，虽然已经做起了这样的工作。库布里克的改编原则之一就是必须被原著的某一点攫取、笼罩，这一点必须是内心世界的心有灵犀：巴里·林登的内心世界走进了库布里克的内心世界，他变成了这个人物……由此出发，库布里克只需要在剧本中把这种心理外化为人物的行为，以及人物间的关联就可以了。

我们回想一下《教父》，它原著中这个家族所有人做的所有事，若都在电影中被还原出来，绝对不可能带来这部电影的成功。它的成功之处恰好是那些人物，尤其是维托·柯里昂、麦克·柯里昂，他们内心世界的状态，他们精神层面的表现深深打动了我们。这也是库布里克的伟大之处，他能对那么多性格迥异、命运不同之人感同身受，体会他们精神的甘与苦。

（4）如何看待改编

据说，纳博科夫对库布里克改编的《洛丽塔》并不满意。日本作家志贺直哉与小津安二郎曾经谈过这个问题，前者观看别人改编他作品的电影时，感觉那不是他的作品，那是那个导演的作品。但他重新去看那个作品，并把它当作别人的作品来看时，才能觉到作品很有意思。

其实，不仅作家有这样的经验，他们从自己的原著出发，去看待新的作品，认为这两者之间的联系是不可以忽视的前提，很多观众观看原著改编的电影时心态是一样的。他们进电影院抱着这样的心态：看看你是怎么改编的，而不是看看你是怎样创作的。这个观看角度决定了我们得出的结论。

野田高梧认为，文学作品一旦被拍成电影，电影的成败就转移到编剧手上了。作为一部电影，它是否成功，最后还是取决于电影自身。“说得极端一点，将文学作品改编成电影，并不是直接将文学作品拍成影像，而是以文学作品为根据，重新创作一个原创故事，然后把它拍成电影。”

野田高梧的这段话已经把这个话题说到家了。

2. 文学性和电影性

我们简略总结一下小说、戏剧和电影的区别。

弄清楚这一点，我们就容易理解它们之间转换的可能性。小说、戏剧和电影是三种叙述故事的媒介。通过小说讲一个故事，我们可以展现人物的内心想法，这在戏剧中也可以通过人物的独白来完成。因为戏剧特殊的观赏氛围，人物独白即使缺乏日常生活的常态性，也会产生另外一种真实感和审美。但这个预期在电影中通常是做不到的。

戏剧表现人物间的外部冲突时，因为舞台的局限，它无法描述真实的全貌。但电影可以做到，至少局部的还原是可以完成的。当然小说也通过文字描绘出一个古战场的全貌，但不会产生电影的感染力。因此，电影较之前两者，它的局限在于无法直接表现人物内在心理，需要将其外化为行为或者表演。但电影的长处也是戏剧和小说所没有的，它是一门综合艺术，可以通过镜头、灯光强调编剧导演想要达到的艺术表现力。今天科技的发展也对电影的合成制作诸多方面带来了飞跃。

在这个理解前提下，我们再把焦点拉回到改编。

我们下面提到的文学性，仅指与电影相关的文学性。电影除了具有文学性，它的视觉表现方式更具有美术性、音乐性，甚至也包含雕塑建筑等方面的艺术特征。假如我们将文学和电影这两者放在一起谈论，好像它们是可以通婚的近亲，那么我们就有近亲结婚，产生出不健康的甚至残缺的后代的风险。我们前面说的这些特性，不妨理解为电影性，搞清楚它们之间的主次，有助于我们更好地创作电影。近些年出现了很多“文艺片”，继承了当年布努埃尔[1]《一条安达鲁狗》和科克托[2]《诗人之血》等影片的风格，即使看的是银幕，也感觉是在读

图5.4 《诗人之血》剧照

1　路易斯·布努埃尔（1900—1983）：西班牙导演、编剧，代表作有《白日美人》《资产阶级的审慎魅力》等。

2　让·科克托（1889—1963）：法国导演、编剧，代表作有《诗人之血》《奥菲斯》等。

图5.5 《美国往事》剧照

图5.6 《闻香识女人》剧照

图5.7　库布里克在《2001太空漫游》拍摄现场

书，同时还得思考每一个画面的含义。这种文艺片，我们通常强调的就是它们的文学性，好像这些电影拍摄的目的就是远离电影特性，回归文学性。这是仁者见仁智者见智的事情，我们不展开讨论。野田高梧曾经反对将剧本创作归于文学创作的看法。他认为，剧本创作不应忘记自己原本的目的是“电影”。电影剧本就是电影剧本，它应该保持本色，它不应该被化为文学形式的一种，它应该是新的创作种类——电影剧本文学。

3. 改编的道路

（1）选择什么样的文学作品，更容易成功改编为电影

有人认为，越纯粹的小说越难改编成功。但什么是纯粹的小说？ 这是个人理解存在很大差异的范畴。库布里克改编小说《洛丽塔》，且不说电影成功与否，他在选取小说时显然做出了与其他导演不同的选择。《洛丽塔》在文学史上，从哪个方面都可能被认为是纯粹的小说。詹姆斯·乔伊斯的长篇小说《尤利西斯》也以难读懂著称，据说解读这部书的著作完全可以垒成一个纪念碑，但这不妨碍美国导演约瑟夫·施特里克1967年将它搬上银幕。

对名著的改编，很多人都不看好，认为改编者最多是小天才，无法改编大师的作品。大师们笔下的人物都具有复杂的内心冲突，精神世界是丰富而复杂的，这是电影难以企及的，改编成功的可能性不大。但托马斯·曼的小说《威尼斯之死》由

图5.8 《白夜》剧照

意大利导演维斯康蒂搬上银幕后，反响就很好。他改编的陀思妥耶夫斯基的《白夜》，也是一部改编成功的作品。

由此可见，改编文学作品最重要的联系，是改编者与原著建立“深深被打动”的联系，这个“打动”不一定是感动，也可能是震撼、启发等。然后是“独立”的二度创作，这个独立就是依附原著，但不依赖。这样才能把创作的重心从文学移位到电影上。

> 任何一种合理演绎的艺术形式都是概念和制作之间的来回反复，在寻求客观实现这些创作意图的过程中，这些最初的创作意图不断地被修改……这在电影制作过

程中，同时也在人与人之间发生。[1]

库布里克的这段话指出了改编电影最需要遵守的一个原则。当一个编剧导演被文学作品打动之后，决定改编时，头脑里一定有了对这个改编电影的想象和概念。他认为的这个概念或者想法，在把它变成电影的过程当中，需要不断地更正和修改，这样才能完成这个即将诞生的新作品的重心转移——由文学走向电影。将文学性转化为电影性，这不是一句空谈，它需要在文学转化为画面的过程中的检验和落实。这样处理银幕效果如何？如果不好，怎样改变文学，才能让它的视觉效果更佳……诸如此类的磨合调整，才能通过制作过程确立电影性。一旦电影性在电影中产生了，获得了独立存在的生命，那么提供这种新生命的蓝本——文学，就退到背景中了，变为次要。

当观众感觉到改编电影的这个新的生命之后，离开电影院时，他们就会对这个电影给予肯定，他们就会放弃先入为主的概念，认为电影就是原著的演绎。他们会客观地评价这部电影，而不再继续拿原著说事儿。库布里克的改编电影充分地说明了这一点。很多改编不成功的电影，其根本原因也在这里：怎么改，电影仍是文学的傀儡，没有获得自身的独立

1 诺曼·卡根：《库布里克的电影》，郝娟娣译，上海人民出版社，2009，第9页。

性，新的作品中没有出现新的生命。当然，旧的生命也不可能继续存在于新的躯壳里。

（2）不要在乎人们说你改编的电影不像原小说

只要电影是成功的，就说明电影的改编完成了新的创作，有了新的生命。雨果的文学名著《巴黎圣母院》，被改编过很多次，其中有电影、戏剧、音乐剧等。其中1956年版电影，由让·德拉努瓦执导，吉娜·劳洛勃丽吉达主演，通常被认为是最经典的电影版本。非常值得一提的是音乐剧《巴黎圣母院》（导演吉勒斯·马休，作曲理查德·科钱特），它通过各种创新对原著内容进行的演绎，完全征服了观众。从20世纪90年代末开始，全球巡演，场场爆满，几十年经久不衰。作为音乐剧，它采取了流行的通俗唱法，取消了美声；舞蹈和歌唱的

图5.9　音乐剧《巴黎圣母院》（1998）

演员分开，各自发挥其长；舞美设计非常有现代感；演员表演和其中的唱段深入人心……这些才是这出改编的音乐剧的成功所在。它因为有了独特的创作，才对原著内容有了全新的诠释，而且保持了原著的精神。这是最关键的，所谓忠于原著，就是忠于它的精神。

（3）展示，不要告诉

麦基在《故事》一书中指出，伟大的故事叙述者都知道的一个重要原则就是——展示，不要告诉。无论是复杂的人物心理，还是复杂的生活表象，或者人物精神所能触及的深刻内涵，都要通过视觉的方式记录和展现，这就是一部好电影的基础。

有些编剧在这方面存在的问题，在一些写作初学者那里也有表现——担心观众不能明白。他们总要交代人物的来龙去脉，交代导演想要表达的深刻内涵。其实这些担心唯一能够达到的目的就是让观众感觉到，你把他当成"傻瓜"。即使观众听见了编剧通过剧中人之口所说的"深刻"，没有其他到位的展示，他们还会抛弃这样的电影。有些观众有丰富的观影经验，听见一次这样的企图从人物之口流露出来，就会失去耐心，放弃观赏。

（4）改编建议

在《故事》这本书里，作者也列出了几点与改编有关的建议。

首先，不要记笔记。而这是我们最常做的一件事。其实，记笔记影响我们对原作反复阅读。从我们第一遍阅读开始，我们随手记下的认为重要的事情落到纸上之后，就会限制我们更深入地理解原著，换句话说，限制我们的想象力。反复阅读原著，品味它的韵味，体会它的精神内涵，一遍又一遍地理解它的人物，从不同的角度出发理解一切发生……这样的开放的阅读态度，会让我们栖身于原著中，更加深入地理解原著，想象力也最容易在这个层面上起飞。不用笔记限制自己，可以避免停留在表象上，避免在理解原著上犯粗浅的毛病。

其次，要把小说当成传记一样，按照时间的顺序从头到尾重新排序，不用管原著是用什么叙述顺序讲述故事的。这样列出的一个初步的大纲，可以向编剧更好地展示整个事件的来龙去脉，以及它们之间的关联和逻辑关系。弄清楚这一切之后，再去考虑自己的构成方案，这样既可以保留原著中的精华，也可以根据电影的特性创作新的情节和节奏，使二者有重新融合的更多可能性。在这个过程中，“最大的考验在于我们要把精神化的东西转变为物质化的东西，不要在人物口中填满自我解说的对白，而要为他们的内心冲突找到视觉表达”。

总而言之，改编是一种再创造。只有新的创作成立，产生与原著一样漂亮的新作品，这个改编的电影才算独自站立起来。否则，不成功的改编就是对原著的阉割。

（5）将文学性转化为电影元素

作家钱德勒说："关心措辞本身在电影中是致命的，电影不是为了漂亮的措辞而拍摄的。"

钱德勒作为一个成功的侦探小说家，作为一个不那么成功的电影编剧，他说的这番话对学习改编很有用。成功作家海明威作为编剧也在好莱坞遭到过失败，而他最不成功的小说《取舍之间》被改编成电视剧却很赚钱。由此我们似乎可以这样问：文学难道是电影的敌人？答案是，假如文学性没有很好地转化为电影，它至少也不是电影的朋友。"时刻都要想到，文学是电影的头号敌人，写作中的所有文学性效果，都会使导演受到限制。他将不知道如何把它转化为电影，对漂亮的辞藻、精巧的想法要舍得忍痛割爱。"[1]

无论怎样，如何将文学性很好地在电影中转化，是编剧所有方式方法的目的所在。好的编剧和导演总是善于在文学作品中挖掘适合电影的潜在元素，有时候，这些潜在的可能性在原著中并不是立刻能够辨识的。

为了适应银幕的需要去调整经典故事，很多导演都是毫不犹豫地大刀阔斧。著名导演约翰·休斯顿面对名著《白鲸》时，发现这个故事的内涵有不同的层面。他根据自己的感觉和判断，找出故事的重点之一——亵渎。之后，在剧本创作中

1　让-克洛德·卡里叶耳、帕斯卡尔·博尼茨：《剧作练习》，梅峰、刘捷译，中国电影出版社，2001，第32页。

图5.10 《白鲸记》剧照

他发现改编的困难所在：剧本中有一些渎神的情节，但没有一场戏能把这个表现出来。“我甚至已经开拍了，才忽然意识到这一段应该怎么拍电影，应该不仅只表达追逐白鲸，也应该尽力表达出斯达巴克意识到亚哈船长想要杀掉白鲸的时刻，这本身并没有邪恶的显著意义。我的头脑忽然一亮，他们在做着别人原本没有期望他们做的事情。根据贵格会人的心理，他们做了一件罪恶的事，然后他们意识到自己在从事恶魔般的使命。这场戏是在亚哈船长的船舱里，当斯达巴克面对他的时候。这确实是电影中的中心场景，而不是小说中的关键。我觉得赫尔曼梅尔维尔会认可的。”[1]

1 埃里克·舍曼：《导演电影》，丁昕译，广西师范大学出版社，2006，第52页。

图5.11 《浮云》剧照

图5.12 《放大》剧照

休斯顿所做的这个选择具有非凡的意义，因为这是小说的重心转为电影的中心的关键。这个转化意味着电影的新生命诞生。日本导演行定勋认为，成濑巳喜男改编的作品《浮云》几乎可以说是一个原创的作品，虽然有原著的内容，但也有与小说大不相同的内容。这样的改编就是借鉴了原著，但最后完成的是原创作品。安东尼奥尼的《放大》也是改编自小说，但只是拿了原著的一个想法。由此我们可以看见，改编可以走多远。

六

剧本结构主要元素概述

1. 故事和人物

无论文学还是影视，我们所探讨的故事其本质是一样的，区别只是讲述方式的不同。

电影是用画面讲述故事，文学是用文字，而剧本介于这两者之间。电影画面是导演根据剧本拍摄完成的，剧本需要将文学的故事内容转化为导演可以遵循的“提示”，它的作用类似一个具体的文学性说明。

故事和人物，在小说或电影中，我们很难将二者剥离开来。人物是故事的核心，因为人物的特点，故事可能有不同的走向和结局。我们常说的，性格即是命运，在剧本中很明显。人物自带很多故事的可能性，选择哪一种最为合适，这就是编剧应该把握的。

电影故事，就是整个影片所讲述的故事。一个人向你讲述

图6.1 《魂断蓝桥》剧照

他看过的电影《魂断蓝桥》[1]，他会说，这是一个爱情故事，一个女孩深爱的男友上战场了。传来他阵亡的消息，女孩的生活陷入艰难的境地。因为性格原因，她无法张口向男友显赫的家族求助，于是做了烟花女。一次偶然的机会，她在还家士兵的队伍中发现了自己的男友，他还活着……他将女孩带回家，女孩在男友的家人面前感到自己的不洁是无法洗刷的，于是在他们重逢的桥上结束了自己的生命。

以上我们概括出的电影故事，是属于整个影片的大故

1 茂文·勒鲁瓦导演，美国米高梅电影公司1940年出品。

事。它被讲述出来的一切既是电影中的，又没在影片中出现，通常我们称之为故事梗概。

2. 结构

结构，我们可以形象地把它理解为对故事的整理。

故事的素材或者潜在的可能性，有可能是无处不在，而且是杂乱无章的。它们不能自己形成，需要编剧去发现并整理。编剧在这个过程中遵守的整理原则、取舍原则，其实就是在结构故事。因此，编写故事的过程就是剧本产生的过程，也是结构它们的过程。

结构，就是怎样写。

结构是布局，需要每个考量准确，需要在情节和细节间建立明确精准的联系，而且不能自相矛盾，否则剧本的结构就会因此变得松散或不稳定，进而影响剧本的表现力。

编剧在结构剧本时，可以遵照一些具有共性的结构法则，在此基础上还可以发挥自己的个性。剧本一般都是这样的共性和个性的结合。当编剧头脑里已经有了一个故事，他在深入体会这个故事时，开始考虑编剧的规则，同时也在考虑怎样突破这些规则进而达到发挥自己个性的目的，这就是编剧动笔前常做的事情。

导演安东尼奥尼经常自己写剧本。他认为写剧本最难的部分就是舍弃。

图6.2　思考中的安东尼奥尼

编剧面对故事素材进行剧本结构时，会对他所偏爱得意的部分过分疼爱，即使它们妨碍整体构成，破坏剧本节奏也难以割舍。通常，这会带来较为严重后果。还有一种情况，因为缺乏创作经验，该舍的没舍，不该舍的删掉了，这也是无法预防的，只有在总结经验教训中逐渐成长。

多和少，也是剧本结构中一个重要方面。有些地方人物说得少、表演少，就是多；相反就是说得太多，破坏了期望的效果。电影中有关告别的例子很多，那些令我们难忘的告别肯定都是这条原则的典范。

电影《伊豆舞女》[1]的结尾和小说一样动人：小舞女面对自己心爱的人沉默不语，即使回答学生哥的问题她也只是摇头点头……登船后的学生哥挥手告别，她也没有回应，仿佛在梦中尚未苏醒。船渐渐开远了，小舞女奔跑到高处，开始挥手与爱人告别。没有看见她挥手的爱人黯然神伤，小舞女拿出手帕继续挥舞，她终于被爱人看到了。他挥手大喊……小舞女渐渐消隐到半岛的远山之中……观众为之动容。

图6.3 《伊豆的舞女》剧照

小舞女那些没有说出的心声，没有说出的为什么如此，执拗的性格……这一切观众都在心里自动为她补充了，这就是极简的丰富。

电影《廊桥遗梦》并不完美，但它的结尾很棒，恰到好处，在女主人公的追忆中沉缓地展开合拢，催人泪下。女主

1 西河克己导演，日活株式会社1974年出品。

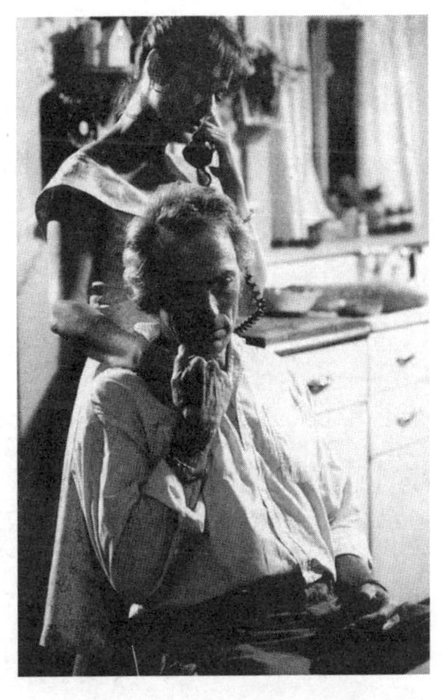
图6.4 《廊桥遗梦》剧照

人公看见自己的恋人站在雨中，她惊呆了。她的无语能让观众感到她的心悸。恋人的车开动了，她丈夫的车跟在后面，一个“漫长”的红灯，将他们的告别推向了高潮。她从后视镜中看到恋人把他们的信物挂起来，她握紧车门的把手，红灯变绿了，她丈夫对迟迟不开动的前车说，他在等什么……她的手已经打开车门，她的丈夫终于等得不耐烦，按了喇叭，前车开启转向灯，然后开动……女主人公的手慢慢从车门把手上滑落……这个过程中，旁白道出的简短的心声融合在观众的心里：这样确切的爱，一生只有一次。我们看到了的是——她正在错过！

3. 事件和场景

事件就是故事的事件，是组成故事的“部件”。

事件，意味着生活常态被打破而出现的变化，一如我们口语中常说的，出事儿了。一个客厅的地面普通而寻常，家里人经常待在那里，但那里被人偷偷放上几滴特殊滑的“油”，其中某个人因此摔倒引发某种后果，而这个“后果”是预先设计好的。它打破了之前的某种平静或平衡。

这就是事件，它引发变化，推动情节发展。

场景，一提到这个概念也许有人会想到与舞美有关的事情……

其实，场景也是一个故事的事件。但一个场景往往还有其核心事件，也许这个核心事件从属于某个大的事件。表现一个事件有时可能需要几个场景。

场景是连续时空中的一系列发生，它们之间的关联最后引发情节的某种改变或转变，从而达到人物的改变。

场景可小可大，从属于影片，但自身也带着起承转合，有相对的独立性。一般的电影会包含50个左右的场景。

《公民凯恩》中伯恩斯坦回忆凯恩的场景，它的核心事件就是和观众一起深入了解凯恩这个人。这个场景环境没变，但内容上有好几个层次。

图6.5 《公民凯恩》剧照

来访者向伯恩斯坦提起“玫瑰花蕾”的含义，伯恩斯坦认为也许跟某个女孩有关。来访者认为这是不可能的，一个人不可能50年后还记得当年的某个姑娘。

这时，伯恩斯坦开始描述一个穿白裙子的女人——手拿一把遮阳伞，一个多年前他看过一眼的女人，而那个女人根本没注意到他。但这不妨碍他对女人的刻骨铭心，他说，那之后的一个月，他都是魂不守舍的……

伯恩斯坦接着向来访者讲起了苏珊[1]……

谈到了赚钱，认为赚钱不难，凯恩的人生也不是为了赚钱……

最后向来访者推荐了凯恩另外一个生前好友——里兰，引出接管《问事报》的情形……

这个场景首先承担了在整个电影结构中承上启下的作用，作为一个环节这是它首先应该完成的任务。同时，它也有自己的独立性和风格：伯恩斯坦对自己当年情感的回忆，变成了与凯恩生活的对比。他记忆中的女人，才是真正的花蕾，因为没有绽放，所以也没有凋零，她永远留在他的记忆中。而在凯恩的一生中，他必须得到他想要的一切，那么得到的同时也意味着失去，不幸的是，凯恩真的失去了这一切，无论事业还是爱情。与伯恩斯坦这个小小细节构成对比之后，再去理解玫瑰花蕾，或许就有了新的层面：它象征了与凯恩失之交臂的那一切。

场景的另一个特点是转化。

1　《公民凯恩》中的人物之一。

图6.6 《低俗小说》剧照

场景无论如何变化、转化，它的核心事件不变。

《低俗小说》[1]中讨论脚底按摩的场景，它的核心事件是惩戒黑帮头目马沙认为的叛徒。最开始是朱尔斯和文森特[2]两个人在车里谈论欧洲的啤酒和汉堡，然后是被惩戒者家的走廊，然后进入室内，场景在转化，但核心事件越逼越近。观众隐约感觉到的“紧张”与他们表现出来的不正常的“松弛”，构成强烈的反差，说明这是一个成功的场景。

如何判断自己所写下的场景是否有用，是否需要删除？

如果一个场景从发生到结束没有引起任何变化（这个变化我们可以具体到情节推进、人物价值观心理等方面的改变等），就是可以删除的场景。假如它的存在只是为了向观众做

1 昆汀·塔伦蒂诺导演，美国米拉麦克斯影业公司1994年出品。

2 均为《低俗小说》中的人物。

出更多的解释，同样没有存在的必要。毫不犹豫地删除这样的场景，才能避免给整个剧本带来损害。上面举出的场景例子中，两个人在车里谈论欧洲的啤酒和汉堡，它是这个场景的组成部分，表面看似乎没有太多结构意义，但它非常好地刻画了人物的性格，同时也烘托了影片的风格，是非常好的促成场景的“部件”。

4. 编一个故事我们需要什么

（1）人和“麻烦”

我们编写一个故事需要一个人物或者几个人物，这是人所共知的。在剧本中编写故事不同于小说，我们不仅需要人物，还需要他的“麻烦”，也就是说我们需要一个处在麻烦中——矛盾中的人。

人物所要面对的矛盾，他要解决的麻烦，就是推动故事的动力。

这个人物在试图解决矛盾的过程中，会遇到更大的矛盾，甚至他每做的一个努力也会引发另外的矛盾；矛盾的集中会让这个人物以及与他相关的人物陷入更大的困境……最后他们通过自己的力量战胜了一切困难，解决了一切矛盾，这就是剧本故事。

（2）我们需要一个什么样的人

我们需要一个什么样的人物？这取决于我们要达到什么样

图6.7 《勇敢的心》剧照

的目的。对此，不同的编剧有不同的愿景。但他们都需要的一个效果就是共鸣——人物和观众的共鸣。

梅尔·吉布森[1]自导自演的影片《勇敢的心》[2]中的男主人公——苏格兰起义领袖威廉·华莱士，就是一个随着时间流逝一直铭刻在观众心里的人物。观众与这样人物的共鸣不仅仅局限在我们理解他，更重要的是他能激励我们，他做了通常我们不敢做的事情：为了信仰不惜牺牲自己。影片结尾就是“英雄的血不会白流”这样的悲剧精神的巅峰表现，即使是重看，结尾仍会让我们泪流满面。苍凉但有力的风笛声令人热血奔涌。生命诚可贵，爱情价更高，若为自由故，二者皆可抛，英雄用生命书写了诗篇。

这是最广泛的共鸣，无论雅俗、无论个性的全覆盖。

1 梅尔·吉布森：美国导演、编剧，代表作有《勇敢的心》《血战钢锯岭》等。

2 梅尔·吉布森导演，美国派拉蒙影业公司1995年出品。

图6.8 《浮草》剧照

小津安二郎的《浮草》[1]中的男主人公驹十郎（中村雁治郎饰）是另一种与观众产生共鸣的角色。他像普通人一样有自己的卑微甚至小卑鄙，但心地善良，人格不容含混。他面对各种冲突最后做出的选择，赢得了观众的认同——生活可以变惨，但心灵不可以。

与这样的人物共鸣，需要观众对生活的细微有敏感和耐心，是细雨无声润物的效果。

导演维斯康蒂改编的《局外人》[2]中的男主人公（马塞洛·马斯楚安尼饰），是在与观众共鸣方面受到“局限”的一个例子。这个人物的所作所为某种程度上否定了我们日常熟悉

1　小津安二郎导演，日本Daiei Studios 1959年出品。

2　卢奇诺·维斯康蒂导演，美国派拉蒙影业公司1967年出品。原著作者加缪。

图6.9 《局外人》剧照

的伦理，一个对母亲离世几乎无动于衷、一个几乎“无故”杀人、一个最后不知悔改的人，我们要与他产生共鸣，必须离开这些事件的表象，去挖掘他所代表的深层含义——生活本质层面的真实！因此，塑造这样的人物，已经是对传统观点的颠覆，观众在观赏中需要类似的精神高度。

（3）事件

如果我们把一个电影故事理解为必须经过的一段泥泞，而你又不想弄脏鞋子，那么事件就是我们行走时踩的每一块石头。有的石头大我们走得稳，有的小而不稳，我们甚至能跌倒在泥泞中……这种提心吊胆就是悬念的效果。事件就是电影故事从头到尾的发生。人物也好，导演的思想风格也好，一切的一切都得通过事件来达到目的，包括什么都不发生，在这个语境下，也是“事件”！

当然，创作一个故事所需的不仅仅是上述这些元素，但从共性角度出发，这些是较为基本的前提。一个故事能够产生灵魂和生命，需要作者等同地付出。

七

剧本结构详解

1. 结构就是技艺

我们可以把创作分为两部分来学习，其中一个就是技艺、技术。也就是我们所说的有共性特质的创作规律。我们掌握了这些之后，并不意味着我们真的学会了创作。因为创作还包括另外一个部分，这个部分跟创作者的天赋、性格、精神与心灵有关，也与创作者的成长经历以及其他社会经历有关。那是纯粹的私人领地，也属于我们谈创作时，很难说清楚的重要部分。那是个性统辖的领域，我们只能感觉和领悟。

尽管如此，我们学习技艺，对我们的创作仍然是有帮助的，是一项入门基本功。马梅在他的《导演功课》中指出，学习技艺的目的是要解放无意识。“如果你能循着规则一步一步做，这些规则将能让你的无意识自由，到那时，真正的创作力才会出来。若非如此，你将会被自己的知觉意识禁锢得无法动弹。因为意识总是想要去讨好，想要有趣。所以意识总是会去找到那些明显的、陈腔滥调的东西，因为这些东西都在过去成功过，所以有相当的安全性。创作者的心灵只有在解放后而且被赋予某个任务的时候，才能让真正的创作力进入。”[1]

我们以游泳为例可以很好地说明这个问题。一个人游泳的速度和泳姿是否优美，只能产生于这个人学会游泳之后，甚至只能产生于他能够熟练游泳之后。熟练地游泳意味着所有的泳姿，对这个游泳者来说都已经学会了，都已经“忘记”了，不再是束缚。就像学会骑自行车的人沿途可以观看街景，而不用时刻担心车把，紧盯着前轮儿。这时，骑车或者游泳变成了类似本能的行为，意识不再想它，潜意识才能获得解放。在马梅看来，这个被解放的潜意识才能引导你进入创作的佳境。一个会骑车的人，忘掉骑车的规则，安然骑在车上有安全感时，就像一个因熟练而忘掉技法的编剧，才能进行更好的创作。

我们学习结构，就是学习技艺。这与外语或化学的学习方式稍有不同，死记硬背几乎没用，最好的学习就是消化掉。掌握最简单的规则，消化它，可以按照它的指引去做，然后逐渐忘掉它，这就是技法的命运和用处。

2. 结构的俯视图

我们了解任何一样东西或者一个事物，自己在低处还是在

1 大卫·马梅：《导演功课》，曾伟祯译，广西大学出版社，2003，第17页。

高处，最后的认知是不同的。一个影视剧本的大致结构图，一如一个俯视图，先用它帮助我们观看一下剧本的全貌，然后再深入各个细节，逐一了解。

我们平时阅读剧本，或者观看一部电影，将其结构提炼出来，总结成一个表格，画成一个草图，这不是普通的读者、观众都能做到的。还有一种“常识”，以为读了剧本就能知道它的结构。其实，这是一个经过学习或者练习才能有的本事。

一个剧本最简略的结构是：

开头—发展—高潮—结局

开头和结局非常重要，但从结构上理解相对简单，因为它们在剧本结构所占的比例较小。

一个剧本最难把握的就是中间部分，我们详细讲述这个部分会涉及很多别的概念：发展、纠葛、情节冲突、危机、高潮、线性时间、节奏、速度，等等。剧本开篇之后的主要任务就是，以情节推动故事的发展，一步一步走向结局。故事、情节和冲突等，我们之前已经简略提过，这里，我们再强调一下它们的区别。

故事——我们可以理解为剧本中情节的雏形，故事和情节在内涵上很近似，但故事不具备情节的结构框架。

情节——就是故事具体表现为以矛盾冲突构成的发展，一环扣一环地递进。它是结构之后的故事形态。

川端康成在《小说的结构》中列举的一个例子，可以很好地说明以上两者的区别：

> 国王死了，然后王后死了。这是一个故事。
>
> 国王死了，王后悲痛欲绝，也死了。这就是情节。因为它有时间线，两个死亡的先后；最重要的是它还有因果关联，后者因为前者的死而死。

冲突——人物朝向目标前进过程中遇到的阻力，最大的阻力就是危机。冲突分内在冲突和外在冲突，前者意味着引发冲突的缘由在于自己，后者是自己与外在（自然、社会、他人等）。

高潮，就是危机达到顶点，决定故事走向的状态。有些影片结束在高潮处，有些则有回落强调回味。

3. 剧本的开头

（1）在哪里开始

很多影片在开头就表现出了问题，那就是开篇没有放对地方。

有人认为，多数剧本通常是在开端之前就让故事开始了。这往往是担心节奏，担心观众缺乏耐心的表现。

一部小说的开始和一部电影同样重要，这是作者初登舞台的亮相，要给读者或者观众留下第一印象。但一部电影的亮相更加重要，这与电影的特质有关。我们阅读一部小说通常是独自的活动，氛围也是私人的；电影院观看的氛围首先有别于我们的日常，那里独特的氛围在电影开演前对观众的观影心理有了某种铺垫，灯一黑电影开始时观众已经充满期待。这种期待是进入剧情和情境的最佳引子。编剧、导演对此有多重视都不算过。

有时我们在电影院里看了二十多分钟的电影，给我们的感觉是电影还没有真正开始，因为观众还不知道编剧或者导演到底想说什么。或者我们看到某一个点，感觉电影从这里开始正好，这就说明之前的铺垫是无效的。

我们为整个故事的前因所做出的铺垫，弄不好就会牺牲我们的节奏。有些编剧非常刻意地去交代前因，以至于已经开始的影片，从内容上做不到真正的开始。这是一个需要解决的问题。

《独行杀手》[1]这部电影的开篇没有交代这个人是杀手，他为什么要杀人，但这些都没有影响我们对他的关注，因为导演刻画出的这个人物性格非常独特。他与我们熟悉的人不同，我们对他的好奇心占了上风。随着情节的展开，我们知道了他的身份和他要做的事情，这对我们理解剧情理解人物一点不晚。

1　让-皮埃尔·梅尔维尔导演，法国S.N. Prodis 1967年出品。

图7.1 《独行杀手》剧照

> ……俄狄浦斯要去援救发生在底比斯的瘟疫所酿成的灾害，因为他发觉自己是这场瘟疫的肇因。他单纯地只为了要去寻查原因，结果踏上这场旅程之后，连带发现了自己的身世之谜。[1]

要学会连带必须有同时做两件事或者两件以上事情的意识，情节发展过程中，我们可以连带做的事情很多。很多编剧只做一件事，就是浪费。

1 大卫·马梅：《导演功课》，曾伟祯译，广西大学出版社，2003，第72页。

（2）确定基调

一部影片的开始也是亮相，确定基调，让观众明白这是什么风格的影片。对于编剧来说，对此如果有太多预设，并且在写作的过程当中顽固地坚持这些预设，不顾情节发展中人物和情节产生的有机联系，很容易把剧本引向死胡同。一个编剧想把故事的结尾写成大团圆，但在整个剧本的写作当中他感到很多阻碍，人物都不朝那个方向去。这时，正确理解这些阻碍很重要，要把它当成提醒，重新审视最初的想法，才有可能找到正确的基调和方向。风格，不完全听从编剧的主观意愿，它也依赖情节自身的可能性。

> 一位作家一旦获得了他的故事的基调，不管这种基调是什么的样子。这种基调都需要不断地得到坚持。[1]

这里所说的就是接下来等情形，通过开篇定出的基调，并在剧本的发展中得到了确认，这就是作品真正的风格，作者需要始终保持。对风格保持得越好，影片成功概率越大。

（3）开篇模式

一部影片的开头，深受影片类型的影响。我们通常所说的文艺片，它们的开篇就很难总结出共性的规则，成功与

1 理查德·沃尔特：《电影电视写作》，汤恒译，河海大学出版社，1991，第31页。

否，基于个性的表现。但在好莱坞的模式下，他们对影片的开端有明确要求。这样的类型化也培养了大众的观影习惯，一旦我们看到的影片不符合好莱坞的节奏，多数观众就会产生心理抵触。

好莱坞的电影，一般在影片开头十分钟内，编剧导演至少需要交代四个W：

哪里（Where），谁（Who），什么（What），何时（When）。

我们回忆一下好莱坞电影《爱情故事》，它是这样展开的：

一个孤独的男人，冰天雪地中独坐，他好像在问观众——你会怎么说起一个死去的女孩？

都市，现代（通过外景和服装不难判断），这个男人可能是故事的主人公，他提到的女孩可能是女主角，主题跟死亡有关，也许还是一个爱情故事……影片快速将观众拉入进来，这是多数观众心里储备最多的素材，影片立刻把它们点燃了。

这十分钟的电影长度，决定了观众是否爱看，也间接定义了导演。若将这十分钟转化为剧本几页纸的文字，也直接定义了编剧的命运——导演、制片人是否接受你的剧本。

电影《各怀鬼胎》（*Heist*，2001）是剧作家大卫·马梅（David Mamet）执导的一部雅俗共赏的优秀动作片。影片一开场，犯罪团伙的主要成员依序露面。

“是什么在推动这个世界？”

“是爱。”

"是对钱的爱。"

主要角色间的对话与动作片的紧张构成了反差，增加了文艺色彩。咖啡店里工作的女成员在饮料中放好迷药后，离开岗位……接应的人也就位，至此短短的两分钟观众已经明白——是谁（罪犯团伙），要干什么（抢珠宝店），在哪里（大都市），什么时候（现在，立即）。观众的紧张感被调动起来，不仅仅通过交代，也有交代每个成员过程中的性格表现。

这就是很有功力的好剧本。作者马梅还写过其他优秀剧本，其中最著名的有《拜金一族》《邮差总按两次铃》《大审判》《赌场》，以及大家非常熟悉的《沉默的羔羊》等。马梅的剧本多次获奖。

《黑客帝国》的开头也很成功，它很快就让观众明白影片

图7.2 《沉默的羔羊》剧照

的类型——科幻。程序员安德森白天的工作是程序员，晚上是黑客……这与多数人的生活不同，观众很快就被代入。

有些系列影片的开头有固定套路，但并不会降低观众的观看热情。比如“007”系列电影，每一部新片都会在片头有独出心裁的设计，堪称视觉效果的盛宴，观众乐此不疲。

开篇结束时，应该是冲突和对抗形成，但尚未爆发。

4. 剧本的结局

按照结构顺序，我们应该最后讲结局。但因为开篇和结局，对于一个电影剧本来说，它们在剧本中所占比例较小，也是没有过于复杂的结构要讲。我们讲结局提前到开篇之后讲，想着重强调的是我们对开篇和结局的审美感受。

无论何种类型的影片，其成功都应该是剧情的水到渠成。整个影片的发展带给观众一种必然性，也就是说服力。这时，结尾最大的特点就出现了：它是剧情自然发展的产物，我们甚至可以这样认为，它是剧情的结果。它必须与剧情相匹配，有些好的电影结尾余韵袅袅，也是匹配基础上的升华。

有的结局落点在影片的高峰上，有的滑入一切尘埃落定之后的意境中，有的沉浸在幸福中，有的被罩上悲伤的迷雾……喜剧之韵，悲剧之美，都可以用来定义好的结尾。特吕弗[1]认

1　弗朗索瓦・特吕弗（1932—1984）：法国导演、编剧，代表作有《四百击》《日以继夜》等。

为，一个伟大电影的结局是要创造一种“壮观和真理”。我们想起《勇敢的心》这部电影的结局时，那些由苍凉风笛声伴随的画面，会让我们回想起那位勇敢的英雄，那位将自由写在墓碑上的勇士。

也有人认为，好的电影故事的结局会让观众得到满足，但不是通过他们所期望的方式。《美国往事》的结局让观众感到，一切都是无法避免的，宛如命运，但是麦克斯最终的抉择又是出乎我们意料的：我们没想到一个“坏人”会那样了结自己的生命，没想到一个曾经装过很多“恶”的心里，还有悲伤。

好的结尾是整个情节的某种延续，留下余韵和思考回味的空间。电影《注脚》[1]的结尾也许有人会觉得是过于匆忙的结束，但实际上，导演不仅仅想嘲笑会经营自己的儿子和学术界，也想嘲笑三十年苦于钻研的父亲——阴差阳错获奖的老教授，最后晚节不保，前去领奖。这是苦涩的，一个人坚持做自己三十年，最后发生摇晃。生活经常嘲弄人，无论好人还是坏人，人人都该提防这一点……这或许是导演结束影片后还想说的话。

查理·卓别林主演的默片《城市之光》是一部完美的艺术品。这部影片的结尾久久地留在了观众的记忆深处。当年看过这部电影的人没人能忘记这一幕：全心全意帮助过卖花盲

1 约瑟夫·斯达导演，以色列Movie Plus、United King Films 2011年出品。

图7.3 《城市之光》剧照

女的流浪汉，出狱后在大街上偶遇卖花女，这时盲女的眼睛已经治好了。流浪汉既惊又喜，一句话也说不出来，卖花女送他一枝花，他羞涩地接受了，他的身体语言仿佛在说，这么美的花我配不上的。卖花女又送给他钱，他没接，卖花女握住流浪汉的手——她明白了，这就是她曾经握过的那个帮助她的恩人的手。

“是你？”

“是，你的眼睛现在能看见了？”

“是，我现在能看见了。”

卖花女眼里盈满了眼泪。但流浪汉也看见了，他看见了卖花女的美丽，通过卖花女仿佛也看见了自己的卑微……

这就是电影的魔力，它的结尾、开头，或者它的某些片段，有时可以脱离整个影片铭刻在我们的内心，任凭岁月流逝。

影片《乱世佳人》[1]（即《飘》，*Gone with the Wind*）的结

1　维克多·弗莱明导演，美国米高梅电影公司1939年出品。

尾，在整个剧情几度反转，人物不思悔改，一切的归宿逐一显露之后，这个结尾非常走心和扎心。与此同时，一如太阳照常升起，希望，重新回到主人公郝思嘉[1]的心中：

“明天毕竟又是新的一天！”

希望也像太阳，它只是照耀我们，距离我们却是无上遥远，但我们却不能没有太阳，不能没有希望。白瑞德走了，他懒得再管郝思嘉该死的生活，他要去伦敦寻找自己的归宿；郝思嘉面对自己的庄园，面对土地和失去的亲人，她要重新振作，等待白瑞德某一天的归来……这个结尾既虚幻又结实：经历了那么多变迁的人们，心里最后还为希望保留一席之地，指引他们的生活。但希望与现实的差距有多大，无人知晓。希望对他们而言又是无比结实的存在，因为他们需要希望的鼓舞——无论希望真实与否——才能让生活继续。

好的故事应该结束在编剧导演心安理得的无所事事上。

5. 结构详解之概念

关于结构的某些概念，我们之前已经有所涉及。这里我们补充几点与结构相关的概念，再结合具体的例子，看一下结构的布局有怎样的规律。

1　电影《乱世佳人》中的人物。

（1）情节以及构成

情节如前所述，是剧本开始后到结局前的主要过程。整个情节当然也包括开头和结尾。情节和我们所说的故事和剧情是一个意思，但它是带着框架的、具体的，而不是概括的。

情节的构成，最基本的是人物和事件。他们处在关系中，通常是矛盾关系，产生的冲突是情节的推动力。冲突到了关键时刻，我们称之为危机。危机被战胜或者被危机击败产生的结果，我们叫作高潮。

（2）情节线

情节线，通常包括主线、副线，或者称为主要情节线、次要情节线……有些关于剧本的书中，也将情节线称为A故事、B故事。

（3）节奏

情节的推进速度，就是节奏。

节奏，是电影成功与否最关键的因素，在后面的一章里，我们具体讲节奏。

关于上述几点，在《你的剧本逊毙了》一书中，作者提出的例子很有代表性。影片《甜心先生》中，A故事是男主人公和他妻子的关系，B故事是他和决定他命运的委托人夫妇的关系。这两条故事线是有决定性联系的。在A线上的男主人公如果不能明白什么是真正的爱，以及一个男人面对感情的担当，在B线上的他也不会走出事业的低谷。A线上的汤姆不确定自己是否爱妻子，但是在B线结尾处，他目睹了委托人在球场上受伤，那人妻子的担心，让他明白了爱。回到A线上，他也明白自己和妻子之间的症结所在。没有B故事推他一把，他也许永远没法解决A故事的问题。反过来，我们也可以说，他不解决A故事的问题，也不会有B线上的事业成功。

副线上的次要情节，是为主要情节服务的，它既可以变成主要情节的辅助，也可以与它构成矛盾关系。无论怎样的目的都是为了烘托主要情节。影片《卡萨布兰卡》的主线毫无疑问就是男主人公和女主人公的爱情故事，此外它有两个次情节：一个是涉及维克多的命运的那条线，能否逃离；另一个是以乌加特为中心的追捕。但这两个次要情节，都控制在一定尺度下，见好就收以保证主情节——男女主人公的爱情故事。

电影《各自逃生》是另一种情形。它的情节非常简单，那个周旋在女人中的男主人公最后被车撞倒在地，无大碍，死不了，但过去的一切也不会重来……这个男主人公贯穿的电影主线是他在都市的生活写照——焦虑，时间长了已经习惯了焦虑，甚至焦虑上瘾。

作为副线的女主人公之一——男主人公的女友，做出的选择是逃离城市，到乡村生活。但男主人公害怕离开城市……

影片的另一条副线，从农村来到都市的伊莎贝尔，为了过上她梦想的生活，不惜卖身。她与男主人公因租房在影片尾声相识，男主人公在都市活得不错，事业成功，但无法停止

图7.4 《卡萨布兰卡》剧照

图7.5 《各自逃生》剧照

焦虑……

最后，影片的三条线所包含的一切都汇总到肇事现场：撞倒男主人公的司机跑了，男主人公的前妻带着女儿也跑了……之前，他的女朋友听从自己的感觉离开了他……人人都在考虑自己，人人为己，所以人人痛苦。这部影片的三条线的主次并不明显，每条线都有自己独特的意义，像是影片的三个方面。这个我们也可以理解为小情节的特点。

有些结构更为复杂的电影，情节线就更多，参差不齐，仿佛是一个复杂的游戏图。影片《盗梦空间》《信条》就是代表，最后它们天衣无缝完美地重合。

6. 结构详解之情节类型

麦基在《故事》一书中将情节分为大情节、小情节、反情节。大情节即是常见的我们习惯接受的多数电影，比如商业片；小情节类似我们通常所说的文艺片；反情节与实验影片接近。

《阿甘正传》《美国往事》《教父》……这些我们熟悉的电影都是大情节。《卡里加里博士》《放大》《假面》《寒枝雀静》……是小情节文艺片。《周末》《去年在马里昂巴德》《资产阶级的审慎魅力》……是反情节或实验性的先锋影片。

（1）大情节（商业片）

这类影片通常都是围绕主人公创作的故事，表现他为自己的理想、信念等既定目标所做的奋斗和努力。在整个剧情发展的过程当中，主人公所做的努力、所遇到的阻力和他的抗争，都进入一个不可逆的必然，达到既定的结局。这也是很多观众喜欢大情节影片的原因之一，它故事中的一切问题都会得到解决，无论成功失败，都是畅快淋漓的。

电影《黄金三镖客》的故事发生在美国南北战争时期，这部电影也曾被译为《善恶丑》，后面的名字也从另外层面概括了电影的内容。影片中男主人公之一图科，是一个图财害命的盗贼，正被悬赏通缉。男主人公之二布兰迪是一个除暴安良的牛仔，他无意中抓住了图科，但嫌赏金不够又掳走了他。在荒漠中，布兰迪惩罚图科让其自生自灭。但是诡诈的图科居然逃过了一劫，并纠集一些帮凶在客栈捉住了布兰迪。正当图科以牙还牙折磨布兰迪的时候，他劫持了一个士兵，知晓了一个藏宝的秘密。士兵去世了，图科和布兰迪分别获得了一半信

图7.6 《黄金三镖客》剧照

息。与此同时，一个狡猾的杀手桑坦萨也通过其他渠道发现了宝藏的秘密。于是，在寻宝的道路上，三个人展开了生死对决……

三个男人——一个好人、一个坏人、一个丑陋之人，他们的寻宝之旅，融合了美国南北战争的厮杀和对人性的扭曲。整个故事徐徐展开，最后合拢之时，善恶丑都发挥到了极致，也是各得其所。整个影片恢宏博大，荡气回肠，每个人物都向观众做了结局性的交代，观众似乎对此非常满意。

总之，大情节多强调外在冲突，人物多为主动型，故事一般都处在正常的时空中，情节一般没有理解的难度，往往是原因导致结果。这类影片的情节一般在连贯的"现实"中展开，虽然这个"现实"不同于生活本身，但它遵循生活规律。即使是科幻电影，幻想电影，它们也总是遵循大众认可的规律，这也是它们总能获得多数观众共鸣的原因。

（2）小情节（文艺片）

小情节的文艺片，现在已经被很多观众熟识和接受。它更侧重表现人物的内在冲突。主人公常常是表面消极被动，他们与家庭社会等发生冲突时，影片的重心仍在表现他们内在的认知，展示他们内心的追求和欲望，以及自身性格在冲突中的发展，落点几乎总在人物的思想、感情上。这类文艺片的内容有些存在晦涩不易被理解的现象，这也是文艺片的目的所在——引发观众的思考。为此，这类影片通常在结局中也不给出明确的解决办法或者出路等。

电影《想吹就吹，吹得响亮》，从片名我们已经感到了与众不同。一个未满20岁服刑的小伙子，为了不让不负责任的母亲带走弟弟，绑架女心理咨询师，在距离自己刑满还有5天时越狱。他做完自己要做的事情，最后与被绑架的女心理咨询师一起去喝咖啡，像他希望的那样，然后回到监狱……

这个情节简单的小情节电影，震撼力一点不弱。想吹口哨我就吹口哨，这看似潇洒看似任性的一种调子，被赋予了沉重的内容。一个不满20岁的小伙子，需要面对社会和他家庭的不负责任，为自己养大的弟弟负责……这样的重压之下，他逐渐长成男子汉。在这个人物身上，我们仿佛看到了西部片、战争片等这类题材影片中的男子汉们的身影。这个小男子汉也有重负之下的优雅，心中的爱恨情仇并没有影响他的潇洒。他与自己喜欢的女孩喝了咖啡，回到监狱，这个人物的情怀令人联想到当年看过的电影中的游击队员，他们抵抗纳粹，战斗之余，他们沿着山坡，穿过丛林，吹着口哨，悠闲散漫地走向镜头……

这部电影很有纪录片的风范，用绑架解决家庭矛盾，呼应着监狱院子里明媚的阳光，导演举重若轻，留下了吹着口哨的意境。

近年来，很多小情节小制作的文艺片，也收获了很好的票房，《给雅各神父的信》便是其中之一。

（3）反情节（实验片）

这类电影表面上看，有以下特点：艺术家通过作品和生活所建立的联系，没有遵循我们熟悉的规则或者习惯，相反，几乎都是另类的特立独行；从结构上看，这类作品也通常是打乱时空顺序，拆解结构作品的内涵，呈现不连贯的晦涩表象。这类作品代表了对电影传统的“破坏”和创新。

我们很容易想到的《一条安达鲁狗》《周末》《诗人的血》《母亲和儿了》，以及贾木许、塔尔科夫斯基、松本俊大、卡萨维茨等导演的创作。试验性影片出现以来，虽然面对的一直是小众群体，但它们在持续和发展中。以导演贾木许为例，他的粉丝为何持久地跟随他，为何他可以一直获得拥戴者，他拍片的资金很大程度与他的粉丝有关。

原因之一，就是这些小众电影很真诚。如果说大情节的商业片好看，但它是为大家，即使你被打动了，对受众群体来说仍然有偶然性。但是被《漫长假期》这样的电影打动之后，周围人对此的无感，或者根本不知道这样电影的存在，知道也认为这样的电影很无聊……这时，你会获得这样的感觉——这个电影是拍给你的。它明白你内心最深处的那种感觉，明白你的孤独……贾木许的电影的镜头对准的似乎都是这样的世界，这样世界里的这样的人。他电影的观众不知不觉变成了他电影中的主人公，他电影的粉丝彼此间会有志同道合之感。而能做到这一点，先锋与否并不重要，艺术家最重要的品质是这类影片的前提——那就是真诚。

只有真诚，心对心的敞开和交流，才会有这样的真情和打动。贾木许的电影《神秘列车》中的那对痴迷于美国20世纪50年代摇滚音乐的日本情侣，仿佛就是某些年轻人的缩影。他们喜欢猫王或者卡尔·帕金斯，为此他们来到异乡……影片的男主人公的扮演者——当年青春年少的永濑正敏，因为出演这部实验影片，日后变成了日本文艺片的巨星，多次与日本文艺片导演河濑直美合作。也许，我们可以想象贾木许电影中的某种情怀影响了永濑正敏的艺术道路。

贾木许前几年的新片《帕特森》获得了戛纳电影节的提名和日本电影旬报最佳外国片的第二名。时隔多年我们看到的不仅仅是贾木许的水平，还有他一直没有改变的那种情怀。但他

图7.7 《神秘列车》剧照

的坚持是有代价的，他获得投资的机会远远小于同名气的其他导演。但贾木许的人物就是这样的一群人，他们和贾木许本人一样坚持自己的世界观，哪怕为此付出代价。卡萨维茨也是一个类似的导演，从当年的《夫君》到之后的《爱的激流》，我们不难看到其一以贯之的坚持。

无论哪一种情节类型，电影史上都不乏佳作。对于创作者来说，我们热爱的是自己的艺术，还是艺术中的自己，这将是一个分水岭。我们通过电影所要达到的目的，在作品完成之后，会像一个标签一样附着在作品上。好莱坞电影乐观和正面的结局，常常与现实相反；好莱坞电影作为电影工业的成功，常常需要特效特技惊险等手段辅助……因此，艺术电影、实验电影同样存在自身的局限。“……我看了很多独立电影，大多是以个人的烦恼为基础的内向型电影。一直看这种犹豫不决、磨磨唧唧的电影，太痛苦。我一边看一边思考，首先想到的就是他们应该不知道怎么去做不内向的电影。遇到痛苦的事情，不是忍受着痛苦独自烦恼，而是稍微把视线转一点，把它变成笑料。”日本独立电影导演横浜聪子的这番话很形象地概括了小众电影的问题，同时似乎也指出了另外一条道路。

美国导演泰伦斯·马力克1978年拍摄的《天堂的日子》，我们可以理解为美国的新浪潮代表作。但这部影片比法国新浪潮的多数影片都完美。它在叙事上避免了好莱坞的框架，情节让位给细节，整个影片像优美的散文诗，那个女孩旁白的特色，虽然不及《撒旦的探戈》那么诗意，但仍独具特色，散发着亲切和超然的魅力。这部影片的视觉效果尤为完美，情节和节奏有音乐般的魔力，它跨越了商业片、文艺片甚至实验电影的界线，堪称一部创新的经典。这条路上人烟稀少，但也不乏后来人，罗伊·安德森的《寒枝雀静》、索伦蒂诺的《绝美之城》、杰兹·斯科利莫夫斯基的《11分钟》、那达夫·拉皮德的《同义词》等都是超越划界的优秀作品。

7. 结构详解之情节发展

(1)情节发展的脉络

情节发展的脉络，就是情节推进过程中遵守的时间原则。

它大致有两种风格：线性时间和非线性时间。

但从本质上说，所有的剧本故事都是以线性时间推进的，都是从开头走向结局。我们看过的多数电影也都是按照这种叙述方式创作的。

非线性时间就是通过闪回（回忆）、平行时间（在另一个时空）、放射性表达（在某个局部停止线性时间的发展，对个别局部进行详尽的描述）等方法，对以线性时间进行推进的情节进行干预和破坏，以达到独特的预设目的。比较典型的代表作品是《十二怒汉》《罗生门》《11分钟》等。

图7.8 《十二怒汉》剧照

(2)情节发展的规则

情节发展必须遵守的规则就是——递进。

开端中出现的事件，要么已经发生，要么做好了铺垫将要发生，那么在开端过后，进入情节的发展中后，递进就开始了。如果已经发生了，就需要发生更大一点的事情。

怎样才能发生更大的事情？增加阻力，增加困难、困境……造成冲突。

影片开始后，假如主要人物做了一个决定，然后开始实施这个决定。如果这个决定是正确的，如果实施过程当中没有任何困难，那么电影就可以结束了。因为没有困难、矛盾就没有冲突；没有冲突，电影就没有继续发展的动力。

（3）情节是冲突的表现

递进关系产生了，我们需要更大力度去制造麻烦。更大的麻烦会带来一连串的反应，会引发主人公更猛烈的挣扎或者抗争，会导致他做出另外的决定，也许是更大的决定，也许是更错误的决定……我们不难想象在这样的递进中，情节会向更深的深渊发展。这个过程中，观众对主人公战胜这种困境的期待就会变得更强烈，或者为主人公不可避免的悲剧命运担忧。

8. 结构详解之冲突

（1）冲突和事件的关系

若无冲突，故事中的一切都不可能向前进展，而引起冲突需要事件。

不是所有的事件都能引发冲突。

在剧本中我们需要能够引发冲突的事件，也就是说，情节是由这样的事件构成的。

（2）激发事件

能够引发冲突的事件，在一个电影中有很多，最大的那个——起决定作用的那个，被称为激发事件。激发事件是电影冲突中最根本的原因，我们可以把它理解为，引发这个电影的那件事。

一个陌生人来到一个宁静的、大家互相认识的小镇，这就是激发事件。

它让观众联想——接下来会发生什么，这个陌生人的到来打破了之前的平静。丹麦电影《狩猎》就发生在这样一个平静的小镇，小镇上的人过着祥和的生活，人与人之间的关系亲密友好。幼儿园的男“阿姨”卢卡斯是其中受欢迎的一员，但喜欢他的早熟女孩卡拉的一个谎言粉碎了这一切。这就是激发事件，它就是影片开始的导火索。

索德伯格的电影《传染病》更是一个好例子。这部受SARS启发的电影一开始就把观众带入了“动荡”中。一个出差回国的女人忽然病倒，两天后去世死因不明……很快类似的病例在世界很多地方出现，但对引发病症比瘟疫蔓延还快的病毒，人类还一无所知。观众不仅很快被带入剧情，经验和想象力会不知不觉让他们将电影与生活联系起来。悲观或乐观的心态也会将观众的观影带入不同的潜在的心理倾向：希望人类获救，战胜病毒；放弃希望，躺平接受绝望的摆布。

图7.9 《狩猎》剧照

起激发作用的事件，有时也可以是平行的两件事甚至多件事。它怎样出现，偶然还是预设，取决于剧情逻辑的合理性。

电影《自己的葬礼》的激发事件，是隐遁在森林中的费利克斯·布什（罗伯特·杜瓦尔饰），突然来到小镇，带着枪和钱要为自己举行一场葬礼。在小镇人眼里，这个隐居几十年的老头仿佛是一个冷血动物，他为自己举行葬礼的举动引发了关注……观众和镇上人一样，都被老头到底想干什么的悬念勾住了。这个激发事件既像是偶然的也像是预设的，最重要的是它能支撑剧情更进一步的发展，同时也符合人物的性格逻辑。

《勇敢的心》中的激发事件是苏格兰人的自由。他们要自由，为此他们需要浴血奋战。自由引发了“to be or not to be”的对抗，生命还有爱情，若为自由故，二者皆可抛。

导演哈内克的电影《爱》，它的激发事件却不是爱，是死亡。安娜和乔治这对恩爱的老夫妻，退休后过着安逸的生活，但好景不长，安娜病了，生活无法自理。我们说的久病床前无孝子与这部电影无关，照顾安娜的乔治面对的不是妻子的病患，而是他们因病被改变方向和本质的生活：这样活着的真相又是什么?！活着仅仅就是呼吸和一日三餐……有人说，人生的真谛，只能在人生晚到不能再晚时被认识，导演汉内特影片中的人物对自己的命运做了另外的选择——结束生命时，让爱活了下去。

激发事件把主人公送上了一条通常是罕见的路途，它也

图7.10 《爱》剧照

许意义非凡，但要求我们付出平时我们难以想象的代价。于是，这样的选择就会激发内心、外在各个层面上的阻力，主观意愿与它们之间的对抗就是冲突。

(3)激发事件何时出现

有人认为，主线的激发情节必须在整个影片前四分之一出现。这当然不是一个定式，还是应该看合理性。观众的观赏心理，假如可以用来做剧本编写的参考，那么它主要是建立在合理性上。库布里克执导的《大开眼戒》，其激发事件出现稍晚——男主人公与钢琴师老友再次相聚，透露出派对信息时，因为这之前需要铺垫。虽然应该快速引入主要的激发事件，但时机也很重要。时机不成熟，意味着观众对激发事件还没做好心理准备。

《大开眼戒》的激发事件，是男主人公擅自决定去参加一个派对，但他为什么要冒这个险，需要做类似背景的交代：他的职业、社会地位、社会关系，他的婚姻情感状态，他面对的困惑……这些铺垫完成后，观众才能理解他为什么放着好日子不过，甘愿冒生命危险寻求那样的刺激。

小林正树执导的《切腹》是一部非常经典的影片，顾名思义，影片的内容与武士切腹有关，但关涉的却是人性和人的尊严。这部影片一开篇描绘了故事发生地井伊家的环境之后，直接引入了主人公津云半四郎请求在他们家庭院切腹自杀。那家人提起去年来此提出同样要求的千千岩求女……至此激发事件展开了故事的长卷。在这里值得一提的是，该片编剧桥本忍无

图7.11 《切腹》剧照

愧为编剧界的泰斗，整个故事前半部仅用对话交代情节，已经让观众欲罢不能。整个影片从容不迫地走向高潮，学习电影的人，无论编剧还是导演，这部影片都值得研究。

何时引入这个激发事件需要通过感觉和理性的分析来决定，正如麦基在《故事》中阐述的那样：“……如果它来得过早，观众也许会感到迷惑：如果它来得太迟，观众也许会感到厌倦。只要观众对人物及其世界的了解足以令其作出全面的反应，你就必须推出你的激励事件。”

麦基这里所说的激励事件与我们前面所说的激发事件是一个概念。我们在剧本写作时，要警惕一个通病，说穿了是一个好意的“担心”。我们担心观众不懂，观众知道得太少，因此总是喋喋不休地解说、铺垫，最后不仅破坏了剧本的节奏，也引起了观众的反感。

被当成傻瓜的人都知道，拿他们当傻瓜的人更傻。

（4）引发冲突的原因

冲突或者引发冲突的事件（原因），可以来自两个或多个层面：内心冲突和外在冲突，有的则是两者结合而成。内心冲突，必须转化为具体的事件，外化为外在冲突，才符合电影的特征，否则就是小说的心理描写。

电影《布鲁克斯先生》是内在冲突和外在冲突相结合的好范例，它令人联想到著名小说《化身博士》。电影中的男主人公布鲁克斯先生是一个具有至少双重人格的人。一方面，他是上流社会的商人，经常参加慈善活动，做人几乎无可挑剔；在家庭中，他又是一个有责任感有爱心的好丈夫和好父亲。另一方面，他内心还住着一个人格分裂而生的人——马歇尔，可以说马歇尔是布鲁克斯先生的化身，在影片中由另一个演员扮演，就像《化身博士》中的杰基尔和海德。

这部影片中的激发事件就是男主人公内心冲突引发的争斗：杀人的欲望和对这个欲望的控制。

我们通过这部影片不难看出，引发矛盾冲突的原因经常是很多层面纠结在一起的，把冲突的原因分清楚进而归类并不重要，最重要的是冲突的原因必须站得住脚。

类似的电影还有很多，《天才雷普利》《禁闭岛》《爱德华大夫》等，这类影片在心理学理论的支撑下，在现实与虚妄之间做文章，模糊两者的边界，从而也打破了观众的认知边界，剧情的反转更容易出人意料。

（5）加大冲突尺度的元素

很多影片的冲突设置，虽然很完美，没有缺陷漏洞，能够给观众良好的观影体验，就像前面提到的《布鲁克斯先生》，但并不能让我们感到无比的震撼。出乎意料，在这个语境下就是一个有评价层次的观影体验。电影《无人生还》《控方证人》等类似电影的冲突和最后的结局，已经是可以拿来做教科书的范例。但是，根据斯蒂芬·金小说改编的电影《闪灵》、安东尼奥尼的代表作《放大》，以及《遗传厄运》等作品，却超越了这些范例，在电影史上留下了特殊的印记。

《闪灵》无论作为恐怖片还是艺术片，在各种电影排行榜上都位居前列。也许正是因为它不容易被定位为艺术片还是恐怖片，成就了它无论是什么样类型的电影，都是一个艺术品，具有非凡的艺术生命力。

我们这里简略介绍一下《闪灵》作为恐怖片的一些独特之处。

恐怖片中的恐怖因素，一般是有一定套路的，心理、超自然、鬼魅等因素是较为常见的，包括影片的悬念和冲突设置也是有规可循的。《闪灵》作为恐怖片中的一员，它首先不落窠臼，跳出了这些由共性统辖的区域。

图7.12 《闪灵》剧照

首先，恐怖片的视角，通常的侧重都是在悬念的设置。在展开揭谜的流程中，观众观看时的注意力集中在这“单一”视角，最后恍然大悟，之后才放下心里一直在做的与编剧导演的智力较量。结局出乎意料，我们就佩服主创，否则就是一顿蔑视。这也正是为什么，有人说看不懂库布里克的《闪灵》的原因之一：他从人物设置到视觉表达，做了太多的逆反之举。

很多女性观众认为《闪灵》是她们见过的最恐怖的电影，其中的一个原因，与库布里克对片中的女主人公温蒂这个角色的设置有关。恐怖片中常见的女性角色，总是作为恐惧的外化，代替观众对恐惧做出反应。从这点说，温蒂这个角色也不例外，但观众通过她的反应感知到的恐惧远远超越了其他恐怖片中的女性角色。比如希区柯克的《惊魂记》中的女主人公玛丽莲的表演也是非常成功的，但她与温蒂相比，后者几乎永远留在了我们的记忆中。库布里克从影片开始一直到片尾都做了精心的设置：一开始的温蒂简单温柔贤淑，她所在的环境也是明亮温和，吻合她对待丈夫和孩子的态度……总之，她作为一个普通妇女的形象，在我们还没意识到时，已经走进了我们的潜意识中。观众席上有多少与温蒂类似的女观众？很多，她们随着温蒂周遭出现的怪异诡异，已经和温蒂一起去感受了。温蒂出色的表演逐渐吻合了观众心里已经感受到的恐惧。这样的“感染力”是通常恐怖片女主人公达不到的。这也是为什么很多恐怖片的女主人公我们都记不住脸的原因。

影片男主人公杰克这个人物的设置，更是精准而独到，当然其扮演者尼科尔森卓绝的演技无人能敌。杰克的心理状态也不是单一的，经历了摇摆和变化。影片开始他作为丈夫和父亲的人设，和后来变成狂魔时的过渡，导演都细致入微地做了铺垫。观众一开始不太喜欢不太认同他，但是对他还有某种程度的“同情”：他作为父亲面对孩子的问题，作为男人面对事业，都有困境，很有可能变成我们常见的打老婆骂孩子的失败者……当他在酒店所谓的“酒吧”里，“邂逅”过去存在过的人，开始畅谈时，我们已经清楚了他即将变成的人——一个危险的不善者。最后温蒂看见他整天工作的稿纸上只有一行字，观众和温蒂一起还是经历了一个巨大的“惊吓”。除了我们已经看到的，杰克还可能是一个深度精神病患者，他和酒店的神秘存在的联系也在观众的意识中浮现……再加上具有超能力的小孩，导演库布里克耐心细致铺垫的一切都建立了联系，人和人之间、人和诡异的酒店、人和代表自然的大雪……最后汇聚到象征这一切的迷宫花园。当然，《闪灵》作为恐怖片的成功也与库布里克视觉表达有关。他采取的手段与我们熟悉的传统手段大相径庭，很多留在我们记忆中的恐怖画面，都充满了艺术性。

从以上简单的分析中，我们不难看出这部影片中，加大冲突尺度的因素往往是貌似与情节无关的精神、心理和认知。《放大》这部影片的恐惧效果也与精神和认知有关。

《放大》中的主角摄影师托马斯随便地扫街抓拍，拍到了一对在公园里亲昵的情侣，之后他被照片中的女人找到索要照片。这一切引发了摄影师的好奇，他调换了胶卷，然后将保留下的胶卷进行了放大。照片放大后，他似乎看到了一具尸体和一个拿着枪的人……他将照片放到更大时，因为放大底片的属性决定，放大到一定程度，一切都将模糊。摄影师去公园核实，将发现尸体的事情向朋友诉说，希望引起重视……最后，公园里的一切在他醒来时也都消失了，只有几个哑剧演员在打一场没有网球的网球比赛。

图7.13 《放大》剧照

《放大》并不是一部恐怖片，但是它有恐怖片的氛围。但真正让我们感到恐惧的是，导演向我们展现的一切，我们最后无法组合，也无法理解。我们失去对一个事物的理解，也正是我们恐怖感产生之时。就像一个人在夜晚的街道拦住我们，一句话不说，即使他手里没有凶器，我们也会因为不明白他的用意，恐怖感爆棚。

安东尼奥尼在《放大》中创造出的恐怖效果，是通过颠覆我们的认知，让我们对习以为常的存在丧失理解之后得到的。影片中探讨了一系列哲学问题：何为真相，人如何才能趋近真相，真相一如真理真的是我们能够发现并掌握的吗？所有这一切，在我们回到影片的表象时，都变成了氛围的背影，与情节一起发挥着作用。

《遗传厄运》作为恐怖片也不同于其他恐怖电影，电影中有很多神秘学和超自然现象。神秘所包括的方方面面我们或多或少都有耳闻，比如特异功能、魔法、超验等，但这部影片所涉及的邪教，以及邪教所信奉的魔王派蒙，都是观众陌生的。观看影片时，我们感觉到的恐怖不断被加剧，很重要的原因就是影片中的受害者和观众一样，对“对手”所知甚少！这样人物和观众的经验便作废了，恐怖的尺度随着影片的发展，尤其到了后半部分简直到了无以复加的地步。

顺便说一句，这部优秀的恐怖电影，也与《闪灵》有异曲同工之妙：结构上脱离了一般恐怖片的节奏，完全按照自己的内容进行铺垫，为最后的高潮降临打下了坚实的基础。

（6）危机

影片情节进入发展之后，一系列的铺垫逐渐达到了最大的转折点，也是最紧张的一个转折点：情节完全因此可能有另外的走向。影片的情节发展就此进入了危机的阶段，后面将提到的《布鲁克斯先生》这部影片中，男主人公想通过杀死自己结束犯罪生涯就是这样的危机转折点。危机常常意味着主人公处在两难之境，无法做出判断。布鲁克斯先生的困难在于他要战胜自己内在的冲突——杀死自己，或者不。

在影片中危机的表现，必须给予强调，不要轻描淡写，要有足够的时间清楚描述，让观众充分体会危机中主人公因两难所受的心理压力和折磨，最后才能产生让高潮凸显的效果。

《闪灵》中的危机在于男主人公杰克写在稿纸上的那句话：All work and no play makes Jack a dull boy！[1]女主人公温蒂发现这句重复了千万次的话，意味着杰克的危机产生了转折——他由一个有危机的中年男人（事业危机）、丈夫和父亲，变成了完全的恶魔。

危机，往往处在高潮之前。

（7）高潮

《闪灵》中的高潮出现在温蒂感觉的最低潮——杰克的危机

1 译文：只工作不玩耍，聪明的孩子也变傻。

点。之后她全部挣扎的意义代表了观众的愿望：保护自己的孩子，战胜邪恶。这是被认可的价值观承受最大压力的时刻，观众和主人公的内心状态已经协调一致——胜败在此一举。

压力产生的张力，决定了高潮的激越程度。

危机，可以理解为高潮之前的低潮，最低潮。

高潮不仅解决了危机，甚至也可能将情节或人物带入新的状态和新的生活（或更好，或更糟），完成转变。

《勇敢的心》的高潮在于，英雄的牺牲让敌人占了上风，他们要求起义者的残部归属称臣。起义者，为自由而战的勇士在最后一刻改变了之前的决定，再次冲入敌阵。虽然寡不敌众，但高潮将观众带入了新的精神境界——为自由可以永远战斗！

有些情节复杂的影片，全篇不止一处高潮，分布在不同的情节线上。最后的真正高潮前的高潮，可以理解为次高潮，它们也能有效地烘托最后的高潮。

一部影片的高潮，应该是剧情推动的水到渠成，不能人为强加设置。任何虚假或冲突铺垫不够的高潮，都不是真正的高潮。

高潮也不能借助自然力，所谓的狐假虎威，高潮与天崩地裂没关系，除非这个天崩地裂属于剧情。

（8）伏笔和分晓

在整个情节推进过程中，到处都分布着作者的伏笔。所谓伏笔，就是作者为情节铺垫有意设置的“套”，最后，它显露出结果时，就意味着分晓。

希区柯克曾说，如果你想要观众感到悬念，就让他看到桌子底下放着一枚炸弹。

让观众看到，观众明白桌子下面的存在可能有的效果，伏笔就完成了一半。

伏笔的另一半就是分晓，所谓呼应。

在埋伏笔时，不要过于明显，虚假会让观众有违和感，从而削弱伏笔的效果。

见分晓的时间，也就是让观众的意料之外浮出水面的时刻，晚更好。这意味着观众保留悬念的时间更长。观众心里的悬念一直在的话，电影的吸引力也绷紧着。最后见分晓的时刻，除了晚好于早，用在最恰切的点上，是最最重要的。

电影中的伏笔随处可见，高超或低劣，但在影片《公民凯恩》中的伏笔不仅非常经典，而且超越了一般伏笔应该发挥的作用，变成了全剧的某种象征。影片一开始，临终的凯恩说出“玫瑰花蕾”后撒手人寰，这个巨大的伏笔似乎就变成了整个影片的激发事件，人们开始调查这句话在凯恩一生中意味着什么。但是，每个人对这句话一如对这个人，他们的看法和理解都不同。他的监护人、他曾经的手下、妻子和仆人，关于这个人、关于这句话都给出了不同的回答，“玫瑰花蕾”变成了罗生门。

影片结尾的焚烧算是对这个巨大伏笔的揭晓：一个凯恩童年玩过的雪橇被投入火中，“玫瑰花蕾”四个字和玫瑰花蕾的图案在烈火中显露……这又意味着什么？答案仍然是多样而缤纷的，这也许就是最大的伏笔和分晓在最伟大的影片中的运用。

八

结构设置

1. 以《布鲁克斯先生》为例

我们以电影《布鲁克斯先生》为例，综合前面的陈述，具体看一看剧本结构的设置。

图8.1 《布鲁克斯先生》海报

这部影片一开始就交代了激发事件——布鲁克斯先生内在的分裂人格：一方面是好好先生，成功人士；另一方面是杀人魔王。影片开篇观众通过布鲁克斯先生对外化出的另一个“我”马歇尔，已经有所了解，已经不再是悬念，只是为进一步的冲突铺垫了背景。

（1）进入情节设置的第一个事件——男主人公杀人之后，发现现场的窗帘没拉，这也是第一个出现的阻力。

窗帘：即将成为阻力，小的转折点，伏笔，悬念……冲突的张力形成了。

被偷拍：阻力形成。威胁者对男主人公的威胁，又是一个悬念，勒索钱或者别的？

至此，影片一直在主线上展开。

（2）第二个阻力出现：男主人公的女儿从学校来到他办公室，要求退学来他的公司打工，并暗示男主人公如果意外去世，她也不至于慌乱。这也是伏笔，为之后情节的发展铺垫。

影片拐入副线1——与女儿相关的情节线。

（3）偷拍照片的人出现，他要挟的居然不是钱而是参与杀人活动。一个和男主人公有类似癖好的人，从另一个侧面向观众暗示了人性的复杂。这也是阻力。

男主人公答应第二天带他一起杀人。

回到主线。

（4）开始调查男主人公的女主人公——女警察，一个富二代，她正在面临离婚官司，被前夫索要巨额赔偿费。这也是与情节相关的阻力，她非常敬业。

影片进入副线2——与女警察相关的情节线。

（5）男主人公潜入威胁者住所，要求下次行动带上全部底片等。伏笔：男主人公可以进入威胁者家。反阻力。

（6）女儿怀孕，阻力。

副线1。

（7）女主人公被越狱犯追杀，脱离危险后，来到凶杀现场勘查，偶遇威胁者，产生新的悬念和阻力。

副线2。

（8）威胁者与男主人公见面，告知男主人公女警察在追查他。两个人一起寻找被害人，没有成功。

主线。

（9）女主人公采访威胁人的邻居，了解到更多犯罪现场的事情。

副线2。

（10）男主人公在网上搜索关于女警察的信息，对她的所为产生一定的钦佩之情。

主线。

（11）女主人公被越狱犯捉到，被打伤后逃脱。

副线2。

（12）男主人公偶遇越狱犯，并认出。

主线。

（13）女主人公的上司对她的处境表示担忧：离婚和被越狱犯追杀的双重困境。

副线2。

（14）男主人公再次与威胁者见面，仍然不能按照约定杀人，约好第二天继续。

阻力和伏笔：威胁者的心理开始躁动，有了反感；暗示男主人公面临的危机中又有了新的隐患。

主线。

（15）女儿学校发生凶杀案，女儿有嫌疑。在有律师在场的情况下，警察对女儿进行了询问。伏笔：女儿可能是作案者。

副线2。

（16）男主人公认定他的女儿就是凶手，同时也认定他的女儿继承了他杀人的基因。但他还是为了帮助女儿洗清嫌疑，模仿女儿杀人的手法再次杀人。

主线。

（17）为此，男主人公通过报纸给威胁者留下延迟行动的口信。后者非常愤怒。前面的心理伏笔更接近爆发。

主线。

（18）女警察再次找到威胁者，后者几乎说出真相。解除之前关于威胁者的伏笔。

副线2。

（19）男主人公实施杀人后十分厌恶自己的行为，决定不再杀人。这次杀人行动对他的心理冲击很大，甚至想到以结束自己的生命来结束罪恶。但这遭到他的化身强烈的反对。阻力产生于内心的冲突。

主线。

（20）告知女儿，学校又发生谋杀案，解除女儿的嫌疑。父女心知肚明。

副线1。

（21）男主人公调查女主人公的离婚情况，选定她前夫以及情人为被害者。写遗书后与威胁者见面。

主线。

（22）女主人公接到举报电话，提到凶杀现场的闪光灯。

副线2。

（23）男主人公与威胁者谋杀女主人公的前夫以及他的情人。

主线。

（24）女主人公来到威胁者家，发现人去楼空，只留下一个地址。地址是一个伏笔，指引她找到了越狱犯。

女主人公的前夫被杀，女主人公成为嫌疑人，要被拘押，逃脱。

副线2。

（25）男主人公和威胁者来到事先准备好的墓地，按计划，男主人公请求威胁者杀他。悬念。

（26）女主人公在男主人公留下的地址找到越狱犯，交火，越狱犯中枪后自杀。

副线2。

结局：墓地，威胁者被反杀。男主人公摆脱一切危机。

……

这部影片情节设置的危机点在男主人公为女儿杀人后，所产生的自我厌恶。这个由内心冲突产生的转折点，很有可能改变整个情节的走向。之后男主人公战胜了这个内在阻力，意想不到的结果是将情节发展推入一个转折点——威胁者被反杀。

男主人公这个心理转折点——怎样战胜轻生、寻死，编导通过一些细节将它外化出来。例如其中一个细节，他和妻子希望女儿把孩子生下来。这个事件虽然属于那个阻力，但也是

图8.2 《布鲁克斯先生》剧照

一个小小的光明种子，在男主人公黑暗的内心世界微弱地闪亮。这样的细节，包括男主人公调查女主人公的过程中表现出的对女警察的佩服，这些都起到了帮助男主人公打消轻生念头的作用。

严格说，这部影片的高潮不在墓地即将被杀的男主人公反杀凶手，而在于影片的结尾。墓地那个场景算是一个次高潮。次高潮之后稍有回落——男主人公打给女主人公的匿名电话，然后摔坏手机……

这部影片的高潮在男主人公的梦里，他梦见自己被女儿所杀！这虽然是一个虚拟情节，但绝对构成令人惊悚的高潮，因为之前影片的铺垫已经让观众有了这样的预感，无论从哪个角度看，这都是有可能发生的事情。这样的高潮像是一波又起，也符合结局的要求，有余韵，带给观众回味思考的空间。从剧情的发展看，这样的结局也是符合人物心理逻辑的，已经杀过人的女儿一开始就表示过，老爸不在人世，自己可以接管公司……可以说，这是埋到电影之外的伏笔……

（结构图见附录1）

2. 以《爱尔兰人》为例

电影《爱尔兰人》的情节构成，比我们上面提及的更为复杂。它的情节线在结构上涉及的不仅仅是主次关系，还有时空的穿插。也就是说，它的三条情节线并不在相同的时空中发生，是一个套一个的连环叙事，主人公像一个时间穿越者，在不同的回忆中现身，为了叙说同一个故事。我们通过例子可以更直观地说明。

电影开始的情节线是年老的男主人公弗兰克向人们讲述他过去的经历，这是第一条情节线。然后是他的回忆，闪回到他的年轻时代，大概时间按照影片中的情节线应该早于1975年。这是第二条情节线。中年的弗兰克与黑帮头目罗素参加婚礼途中遇到一个加油站，那是他们第一次见面的地方，由此开始第三条线——更年轻的弗兰克的回忆，他如何从一个卡车司机变成杀手……

图8.3 《爱尔兰人》剧照

从这里开始，第二条情节线和第三条情节线并行发展，交叉叙事。最后，在弗兰克和罗素快到底特律的第二条情节线上，以及弗兰克获得工会荣誉之后，给工会领袖吉米打电话的第三条情节线上，两条叙事在这个节点合二为一：弗兰克枪杀了吉米，和罗素在底特律参加了婚礼，弗兰克入狱……最后，三条情节线重新回到第一条情节线上。

导演马丁·斯科塞斯非常擅长这样的连环叙事，这样的结构设置可以避免在情节交代上浪费时间，可以更好地表现重要的内容。电影《爱尔兰人》要述说的故事时间跨度大，人物多，人物关系复杂。这样设置结构，基本就是把钱花在刀刃上。

3. 反结构设置

随着影视的发展，编导开始在叙事上尝试创新。落实到结构的设置上，我们可以理解为反结构，一如反现实或超现实。

在叙事结构作出革命性尝试的编导，我们不得不提到意大利导演米开朗基罗·安东尼奥尼。他在1960年自编自导的黑白片《奇遇》，虽然获得了当年戛纳国际电影节评委会特别奖，但在放映时却收到很多观众的喝倒彩和退场。观众不买账的原因就在于这部影片对叙事结构所做的创新。

富有的年轻女孩安娜决定离开自己的男友桑德罗，将这个想法告诉了自己的闺蜜克劳迪娅。之后，她们和其他人，包括

图8.4 《奇遇》剧照

安娜的男友桑德罗一起坐游艇出游，登上一座小岛。岛的四周是光秃秃的悬崖绝壁。但是当这伙人要离开小岛时，他们发现安娜失踪了，于是就开始了一场寻找。

在小岛上搜索期间，桑德罗和克劳迪娅逐渐产生了情愫，促使后者逃跑。桑德罗的追寻感动克劳迪娅，两个人成为恋人，然后一起继续寻找安娜……渐渐地，影片的重心偏离了寻找安娜，变成安娜前男友和前闺蜜之间的恋情。克劳迪娅也逐渐明白为什么安娜要离开这个男人，最后影片停在桑德罗“出轨”交际花，被克劳迪娅发现上……

《奇遇》收到观众一片嘘声的主要原因在于影片偏离了传统的叙事结构，寻找失踪者的剧情铺垫之后，编导改道去别处了，这是观众不能理解的。但是，评论家非常赞赏这部影片，认为它找到了一种崭新的电影语言，打破了传统的情节观念和结构规则……影片因此获奖，成为电影语言变革历史上经常被提及的里程碑式影片之一。

理查德·申克曼执导的影片《这个男人来自地球》，同样是一部反结构的影片。整部电影导演没有讲故事，而是让几个人在一个屋子里谈了一整夜。他们的谈话内容，围绕男主人公——一个有十个博士学位的人，一个自称活了14000年的人——展开，谈论的内容五花八门，从哲学到宗教，从信仰到虚无，充满了思辨的意味。这部小制作的影片，从头到尾没有任何违和之处，演员的表演和令人脑洞大开的谈话内容，不仅让观众坐稳了，还引发了他们的兴趣，难得。

类似的影片还有很多，比如《灵魂的四段旅程》《都灵之马》……其中意大利导演米开朗基罗·法尔玛提诺的《灵魂的四段旅程》没有情节，也没有对白，单纯由四组看似独立的观察影片组成，非常独特。影片没有完整的剧情，也没有让我们感动或思考的故事片段。影片受古希腊哲学家毕达哥拉斯灵魂论的启发，以生命的四种形态来看待万物。沿着这条叙事线，编导将四个生命主体设置在简单的重复中，暗示生命的状态。全片都在自然光下拍摄，没有任何对白和配乐，整个影片没有情节的递进关系，到处都是“随遇而安”的偶得。影片中的老头儿放羊时解大手，不慎将药粉弄丢，晚上睡觉时到处找不到，出门找新的药粉未果，回来睡觉第二天在床上去世……但他失落的药粉却引来了一群蚂蚁的搬运……表现了“天地间的生生不息与福祸相依”的情怀。这部影片对生命的意义提出了新的思考角度。

由此可见，这类反结构的影片在电影叙事语言和内涵表达上拓展了传统的局限，带来耳目一新的观影体验。

九

故事

关于故事，我们在前面已经提及了，这里展开介绍一下故事的特质。

故事和情节几乎是一回事，它们连同主题一起都属于剧本这个整体。前面已经提到，情节和故事的区别在于没有结构的故事，不能变成情节，只能作为剧本的基础。因此，情节我们可以理解为进入结构框架中的故事。

1. 故事的主题

电影就是生活的故事。

生活像海洋，无论多少部电影都不能把全部海水呈现出来。电影的故事首先是从生活故事中进行选取，然后把它装进两个小时的片长中。在这个时间长度中，我们可能把一件事讲得很清楚，同时也有可能把与之相关的从属事件讲清楚。这件事所围绕的核心，就是故事的主题。

故事能否主题先行？当然可以，但是主题先行的故事成功的概率很小。

故事的主题可否是一个思想或概念？当然可以，但也很难因此写出好故事，好剧本。这是一个较为复杂的话题。

确立电影的主题，与确立小说的主题稍有不同。电影是一门综合艺术，是一个耗资巨大，需要团队共同完成的艺术创作；它要面对的是更广泛的观众，引起观众的共鸣变得尤为重要。因此，电影故事最好不建立在作者的自我陶醉中。但这也不意味着电影主题不需要创新，电影也许比其他创作门类更需要创新。作者对人生的独特理解和看法，能更直接地传达给观众。很多成功的电影，除了改编自小说或者真人真事，有些原创也是受到社会新闻的启发而创作的。电影《遇见你之前》就

图9.1 《遇见你之前》剧照

是改编自乔乔·莫伊斯的同名小说，表现了一个生活在小镇的年轻女孩小露，作为一名看护，照顾一个叫威尔的男子。威尔年轻潇洒，喜欢运动和冒险，家境富裕，因为一场可怕的车祸瘫痪，余生只能在轮椅上度过。威尔整天考虑的是如何早点结束自己的生命，小露发现后，悉心陪伴威尔的同时也激励他面对自己的困境。小露感染了威尔，他们相爱，但这没有影响威尔决定安乐死的决心。

如何总结出一个主题，有各种可能性。上面是其中之一，概括了剧情。另一种总结方式是将剧情升华到一个抽象层面，关于前面提到的这部影片，我们也可以说它表达了对尊严和生死的不同理解。

一个电影的主题在它完成之后，因为编剧在创作过程中不知不觉加入的“养料”，会被观众或评论者挖掘出很多连创作者都没想到的东西。正如法国导演布列松说的那样，好的编导是要在影片里藏些东西的，藏得好才好。那么，藏得不好，就不如不藏。

2. 故事的意义

法国电影《无法触碰》的故事，取材于真人真事。这个故事有个好基础——友谊，而友谊是人们熟悉的。这个友谊发生在残疾的富人菲利普和健康的穷人德瑞斯之间，故事展现的就是他们的日常生活中所经历的种种事情。他们的日常让观众感到亲切，观众为他们的幽默发出会心的微笑……最后观众感受并理解了这两个男人之间的尊重和感情。如果说自然而然是一种很高的境界，那么这部影片的导演和演员一起成功地把观众带到了那里。

美国电影《弹簧刀》，由演员比利·鲍勃·松顿自编自导自演，最终赢得了奥斯卡最佳剧本改编奖。影片的故事也是关于人与人之间的理解。智力有障碍但性格温和的卡尔年少时受父母虐待，一次偶然他用弹簧刀杀死了自己的母亲和一个皮条客。他在服刑多年后被假释回到镇上，凭借自己机修方面的手艺找到了工作。但人们仍然把他看成一个疯子，只有单亲家庭的男孩法圣克把卡尔当成朋友。法圣克的生活让卡尔想到了自己的童年，卡尔决定不计代价帮助自己的小朋友摆脱他

图9.2 《弹簧刀》剧照

继父的暴虐。为此，他再次杀人，这次是为了男孩法圣克的幸福……

类似的电影故事，我们还可以举出很多例子。它们诉说的故事看似是私人的，几个人的，但却可以蔓延到人间的各个角落。人与人之间的关系是电影故事中占比例最大的，人间的爱恨情仇，人间的欲望与争斗，是电影诞生以来一直重复上演的内容。

电影《查令十字街84号》《澄沙之味》《谈谈情，跳跳舞》《萨拉邦德》《巴顿将军》《缺席的男人》《一次别离》《各自逃生》《美丽人生》等，从未离开过人与人的联系。它们的主人公都是我们所说的正面人物——大人物或者小人物。他们代表并为之奋斗的价值观念，也很容易跟多数观众发生共鸣。

与之相反的，有的电影故事中的主人公，更具反面或讽喻的效果。观众在这类故事中对主人公的感情通常也是痛恨反感，或者是对此的思考。这样的故事到底想要告诉观众什么！《让我们谈谈凯文》《消失的爱人》《楚门的世界》《疤面煞星》《发条橙》《阿飞物语》《告白》……我们也可以拉出一个长长的名单。这类故事结局的悲情或者虚无，常常会引发观众的思考。

例如《阿飞物语》的男主人公约翰，从一个在学校被欺凌的小书呆子变成一个敢下黑手的小阿飞。我们也可以把该片看成是青春故事，只不过这青春的主人处在社会的阴影下。胖乎

图9.3 《阿飞物语》剧照

乎的约翰对降落他头上的各种事情，做出不同的反应，脸上从未有过明显的表情，但他的行动的方式是递进的。他的行动都是他心里无法控制的情绪的外化，但在表现他行为的过程中，导演穆兰将行为中包含的正义、仗义、侠义，甚至因果关系都弱化了。仿佛约翰这些年轻人就是为打架而打架……直到最后，观众没有看到这些阿飞未来的走向，没有看到他们对自己生活的反思。而这恰好是能够引起观众思考的起点：我们曾经有过的青春难道缺少这样的鲁莽和迷惘吗？这难道不正是青春的真实所在？这些阿飞们的未来就是一个没有未来的未来，那么导演全力表现他们眼前的生活，哪怕它仅仅是恶事和暴力，这不也揭示了社会残酷的一面？！

一如《让我们谈谈凯文》中的凯文，他似乎也没有找到一个出口，他以毁灭他人进而毁灭自己的做法，最终还是引起了他母亲的思考……这样的思考也会在观众中出现。《告白》中对人性恶的惩罚并没有带来真正的公正，所以才会有关于救赎的深思……总之，这类影片通常以反面人物和反面事例触及我们，起到唤醒、警示的作用。

电影故事五花八门，详尽划分并不重要，重要的是我们了解它们的价值和它们展示的转变过程。它们无论有怎样的构思，遵循的原则都是转化，由正面转化为负面，由负面转化为正面，由悲伤走向幸福，也可能正好相反，幸福被撕裂化为悲伤……基于这一点，真正的电影故事并不是一件偶然事件，它必须经得起发展过程的“颠簸”，有着属于自己的坚定的价值。

3. 故事的力量

当我们发现一个故事很虚弱的时候，它对我们的吸引力就已经消失了。即使我们硬着头皮看完了这个电影，也无法经历这个故事的起死回生。故事的这种虚弱也可以表现为无趣、生硬等负面特点。

造成这种局面的原因有很多，其中之一在于对故事的双方分配的力量不够均衡。

什么是故事的双方？

任何故事都有双方：推进的一方，阻碍推进的另一方；

正面人物，反面人物；行动的一方，阻碍行动的另一方；恋爱的双方，阻碍他们相爱的另一方，或者他们彼此间产生的阻碍……

编剧考虑剧本的力量分配时，应该充分考虑到双方。注意这里所说的力量与笔墨分配不同，不是主要人物或正面人物多写、着重刻画，剩余的略写。这里的力量是指与正面力量相反的一方，起阻碍作用甚至对抗作用的另一方，需要给予足够的力量甚至等同的力量，才能让故事变得丰满有吸引力。

我们可以赋予主要人物更多的笔墨，但不意味着可以削弱对方的力量，以此凸显主要人物。强者最好的陪衬肯定不是弱者。就像有人说的那样，力量应该像接力棒一样，在英雄和对手之间交接传递。

电影《最佳出价》在这方面的表现可圈可点。对男主人公古德曼的塑造给足了力量：业内高手，经验和阅历都很丰富，不缺钱，人很理性，生活中没有不良嗜好，等等。让这样一个人“栽了”，变成穷光蛋，对手应该是怎样的？！这部影片里，我们甚至可以将男主人公看成是对立面的“陪衬”，从较力上看，他输了。如果一方力量不够，这样的影片就不成立或者没有吸引力。

电影《看不见的客人》的“力量”双方更是势均力敌。男主人公的精心策划和“女律师”更加缜密的对策，不看到最后一分钟，观众想不到结局。好的电影故事一定是正面和反面人

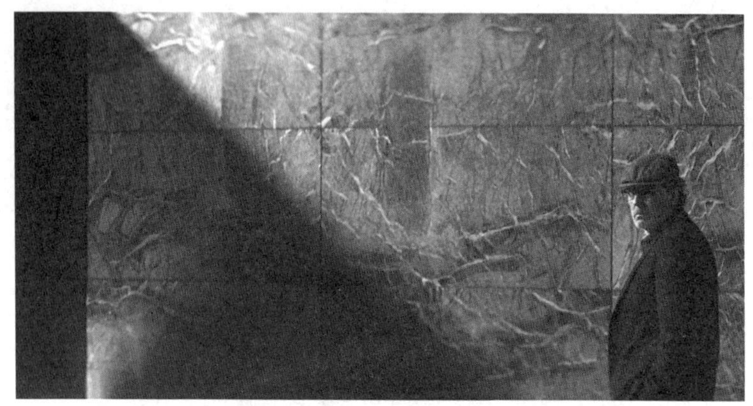

图9.4 《看不见的客人》剧照

物都很到位，势均力敌才能产生真正的张力。为此，编剧要控制，以保持力量的双方都达到各自的极致。反对主人公的对抗力量越强大，故事发展就会越充分。反对力量是否在所有层面都到位了，是否在其中的某一点上达到了极致……这些如果都做到了，那么它所烘托的正面力量肯定也达到了相同的高度。

麦基在《故事》中举的一个例子可以很好地说明，作为负面的能量如何发挥到极致：洞内一个受伤的军官对一个懦夫士兵说，杰克，你的战友们已经没有弹药了，你穿过雷区，把这几箱弹药给他们送过去，不然他们就顶不住了。于是懦夫士兵掏出枪来将军官击毙。第一眼看来，我们可能会想开枪打死一个军官，确实需要很大的勇气。但是我们马上就会意识到，这只是一个懦弱到了极点的行为。由此我们想象这个对抗行为的反面——也就是正面的行为的应对，无论他们是怎样的，肯定都很精彩。正面的行为（包括智慧和情感等）的出色和成功，取决于对抗行为的出色和成功，后者就是前者的陪练。陪练水平高，它奉陪的一方水平肯定更高。

4. 故事的砝码

双方势均力敌，但他们共同面对的任务——故事中的核心事件，故事中要达到的目的——很轻，这就是砝码不够。于是，故事在力量感上也会有问题。让《虎胆龙威》的男主人公去一个小学校解决某个校园凌霸，显然也不会是一个好故事，除非是搞笑的喜剧。

故事的砝码不够，必须增加，而且应该不停地增加，这样才会保持张力。电影《洛城机密》是一部关于洛杉矶警察的故事。影片中的三个都是警察的男人，每个人的砝码构成了故事的砝码。他们每个人开始不以为然的事情，最后发展到了他们需要选择甚至会因此失去生命的地步。这就是故事的砝码在不停地增加。

巴德·怀特，一个好警察但有自己的性格弱点，被利用，最后觉醒。艾德·艾斯利，一个对正义和权力有自己理解的警察。他不受污染，不言妥协，但最后能否摆出真相，直到结尾也是未知。杰克·文森，游走于黑白两道之间的警察，为了赚外快不择手段，但他面对男人不能含糊的事情时，比如面对良心和人格，他没含糊，砝码猛增。这些优秀的男人所面对的强大对手——坏警长杜德利，无论从智谋还是行为，都非常匹配。

由此，我们不难发现，好故事和坏故事一样，都有共同点。我们在创作中熟悉这些，可以帮助我们少走一些弯路。

十

节奏

安东尼奥尼曾经说过，决定一部电影的好坏，是它的节奏。

什么是一部电影的节奏？是电影情节发展的速度，还是电影情节的紧张感的增加，抑或是一部电影叙事的详略，节奏快的地方是简略的描述，节奏慢的地方是详尽的描述。

对于电影节奏，每个创作者从不同的角度可以给出不同的定义。

从观众接受的角度出发，我们可以说电影的节奏是观影的感觉节奏。一部让观众感觉紧张的电影，对这些观众来讲这就是一部节奏快的电影。一部让观众感觉情节发展缓慢、令人昏昏欲睡的电影，对他们来说这就是一部节奏慢的电影。这仅仅是从观众感觉层面来判断一部电影的节奏快慢，但在观众的感觉层面还存在观众自身的差异性。

电影《与安德烈晚餐》只有两个人物，几乎只有一个场景，一顿在饭店里的两个小时的晚餐，两个男人从头聊到尾……这就是电影的全部情节。对丁那些听不进去他们谈话内容的观众来说，这部电影就是典型的慢节奏，甚至是没有情节发展的零节奏，完全可以用来做催眠药。片中的两个男主人公虽然都是编剧，但一个成功一个尚未成功，而且他们的经济地位相差悬殊，一个富足，一个拮据，刚能满足生活的一般需求。他们对生活所发表的感想和看法，与之能够产生共鸣的观众，就会对他们的谈话产生兴趣，甚至浓厚的兴趣，因为它可能帮你总结了你对自己生活的感受。至此，这部电影对这些观众来说，就可能是不知不觉的两个小时，节奏很快。当它结束时，发现自己观看了一顿晚餐，还觉得恋恋不舍。正如离开餐馆的沃力，重看那些他熟悉的街道时，似乎也意识到自己的生活已经变化了。

图10.1 《与安德烈晚餐》剧照

电影的节奏，决定了它深入观众内心的尺度。它如果能与观众的内在频率同频，就能最大程度感染和打动观众。

1. 节奏概述

什么是好的电影节奏?

这是我们无法泛泛而谈的问题，必须与具体的影片内容结合看才有意义。换句话说，一个好的节奏与电影的内涵休戚相关，它是故事发展的最佳行进速度。

在我们结合具体的影片谈节奏之前，有必要先来了解一下好莱坞影片的节奏，也就是好莱坞大片的节奏。好莱坞大片的节奏，是观众接受度最高、影响最广的观影节奏。在它的影响下，很多观众养成了自己的观影习惯。在这些观众看来，那些小情节的文艺片都节奏太慢，就更不用说反情节的实验影片了。由此我们不难发现，好莱坞的电影是电影工业的常胜将军，它的电影节奏是大众版的。但这不妨碍很多编剧导演不懈地努力，尝试去改变这样的现实。这样的尝试对于一个编剧而言，也涉及一个自身发展方向的选择或倾向问题。

2. 好莱坞的节奏

规律产生于模式。好莱坞电影无论在情节设置还是节奏把握，都形成了一定的模式。即使我们不赞同这样的模式，最行之有效的方法也是先了解它。首先做到知彼，知道某种共性，在此基础上知己，发展自己的风格。

麦基在《故事》这本书中，将好莱坞的电影结构划分为三幕。这个“幕”的概念可以帮助我们来说明节奏。

三幕就是电影叙事的开端、发展和结局，这也是节奏贯穿的过程。

这三幕的时间分配是1∶4∶1。与之相对的文艺片大概是1∶3∶1或6∶3∶2。从时间分配上，我们可以很直观地看到编导的侧重所在。

我们把每一幕理解为故事发生的时空，也是冲突发生的时空。什么时候发生了什么，或者什么的发生持续了多长时间。在这一层面，我们需要了解的就是场景。这个概念我们之前已经介绍了。一幕中可能有一个或多个场景，好莱坞的三幕结构，第二幕中就包括很多场景。接下来是场景中的发生——事件，一个场景中有一个核心事件。

在一幕中的场景和场景之间有一个转换问题，它们遵循什么原则进行衔接或转换？我们可以将情节中讲过的故事的推力和阻力的概念拿过来解释。如果一个场景中有一个核心事件，那么场景和场景就是事件和事件，按照情节的设置，是一个代表推力（正面力量）的事件，往往跟一个代表阻力（负面力量）的事件。这不是一个场景转换的固定模式，其实也没有固定模式。在这个基础上，编导可以充分发挥自己的个性。这是节奏构成的根本之一。

此外还涉及一个时间概念。我们在文学写作中，作者认为重要的部分详写，这就意味在此我们花的时间多。相反，可以一带而过的部分就是略写，为此我们花费的笔墨（时间）也少。在电影中，这个“笔墨”就是时间。在场景与场景的转换中，重要的场景持续的时间长，因为我要交代或者要刻画的事件或人物多且重要。相反，过场不重要的场景停留时间短，只是走个过场而已。这样，通过时间多少，我们就控制了节奏的快慢。

另外，节奏除了快慢，还有松紧一说，它体现在观众的心理中。很多惊悚片或动作片中，仿佛有个时间的压力无处不在，这个就是主人公行动达到目的的期限。随着时间的流逝，主人公似乎没有接近目的地，相反离目标更远了……这就是电影节奏的——紧。紧和松的调节，我们通过一个例子可以很好地说明。电影《肖申克的救赎》[1]中有一个场景，狱友们帮助监狱在天台刷油漆，然后得到啤酒，他们坐在天台的阳光下，喝着啤酒说着往事。此刻的这群人仿佛变成了自由人，氛围脱离了监狱……这就是让表现越狱影片紧张的节奏松弛下来的场景，在影片中起到了“松”的作用。无论什么题材的影片，都需要偶尔的“松”来调节“紧”，让观众松口气，是让他们迎接更大紧张的最好铺垫。

1 弗兰克·德拉邦特导演，美国城堡石娱乐公司1994年出品。

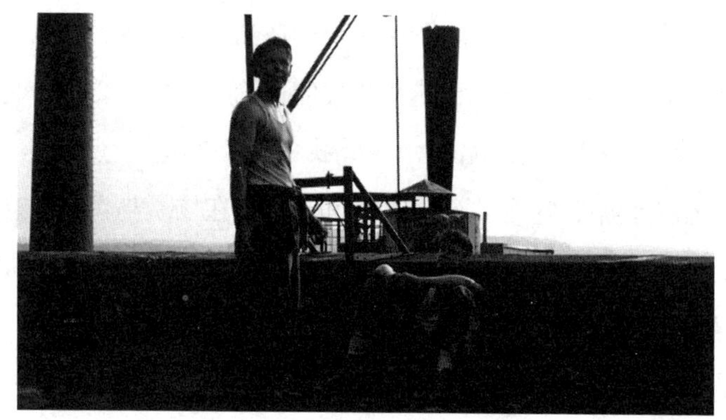

图10.2 《肖申克的救赎》剧照

为了保证节奏的起伏，我们还可以通过情节线的变化来调节故事的抑扬。情节可以分为主次，情节线也可以分为主线和副线等。

如果影片是单线的，只有一条主线，我们不难想象它的情节推进会很快。这样的“快”和我们说的好莱坞电影节奏的快，还不是一个概念。后者的快，我们可以理解为观众心跳加快，是情节带给观众的紧张感。前一种情况的“快”，很有可能就是太快，情节没有抑扬，跑直线，没有起伏。为了避免这种情况发生，我们可以在主要情节推进的同时，增加次要情节，让情节的主线生出副线，一条或者两条，在线性推进故事的前提下，做横向的也就是局部的放射性叙述。

假如是一部120分钟的影片，那么第二幕就长达70分钟，甚至更长。如何给这个最大的段落安排一个起伏有致、张弛有度的合理节奏，我们可以先看这三幕的时间线，时间在三幕的分配。

3. 节奏在开篇

第一幕既是开篇，一般是指影片开始之后的30分钟左右的时间。也有的说法认为是开篇后的20分钟内。在这一幕当中，应该展现的内容，有一部分我们在开篇已经讲过——首先应该让观众清楚的who、what、where、when以及故事背景等。这些都已经交代之后，也是这一幕即将临近结束时，正如麦基所说，应该给观众一种加速感，一个急剧上升的动作，直逼高潮。这里所说的高潮，就是进入下一幕前的悬念或转折，吊观众胃口的所在。电影《布鲁克斯先生》的第一幕中，他在杀人现场意识到窗帘没拉，就是前面所说的小高潮——这意味着他有可能被发现！这样就为接着出现的威胁者做了铺垫，情节发展的节奏够快，观众能感觉到悬念带来的张力。

多数好莱坞电影的这一幕的速度，尤其是到了后部分，一般都坚决避免拖沓，保持强有力的推进速度。但是有很多欧洲电影的开篇节奏却完全不同，它们在情节推进上节奏似乎不是很快，但却没有削弱观众对影片内容的关注度。法斯宾德的《R先生为什么疯狂地杀人》[1]这部影片的开篇，没有出现好莱

1 赖纳·维尔纳·法斯宾德导演，德国Antiteater Produktion 1970年出品。

图10.3 《R先生为什么疯狂地杀人》剧照

坞电影常说的激发事件，也没有在第一幕中出现自身的小高潮。男主人公是一家建筑公司的绘图员，我们看到的是他平淡的日常生活，甚至比我们熟悉的日常生活还乏味：按时上下班，晚上晚餐、看电视，周末和妻子散步，偶尔邀请客人到家里……工作中各方面积极表现，但没有升迁的机会，R先生和妻子为此感到郁闷，再加上儿子的问题……这些一直持续到第二幕，导演把已经够无聊沉闷的日常生活浓缩得更加沉闷，为什么？

抛开无法忍受这样节奏的观众，也有不少观众喜欢这部电影。导演所有这些沉闷的铺垫都指向了最后的高潮——R先生的疯狂和他的“挣脱”。这种小众电影的节奏，我们也需要了解，结合好莱坞的电影节奏，结合自己的审美和性格，才能找到自己的节奏感觉。

4. 节奏的发展

电影《兰闺艳血》[1]（又译《孤独的地方》）进入故事发展的

1 尼古拉斯·雷导演，美国哥伦比亚影片公司1950年出品。

第二幕之后，就是三条故事线齐头并进的，虽然其中的一条不是很明显但很重要：男主人公的性格和作家职业。开篇中的铺垫已经交代——男主人公斯蒂尔的暴烈性格、他的写侦探小说的职业和他对女人的态度以及女人对他的态度。我们可以将男主人公邀请的客人晚归被杀作为第一幕的高潮结束，接下来的第二幕发展，影片都是围绕这三条线索缠绕展开的——爱情、案件侦破和男主人公的写作。

男主人公斯蒂尔得知他的客人被害之后表现出的沉静，增加了警察对他的怀疑，同时也引出他过去参加过战争，而这或许是他为什么性格孤僻的原因所在。性格孤僻又呼应着影片的主题——一个孤独的地方（in a lonely place），谁说那个地方不是内心深处？！

男主人公为了向警察证明自己不在案发现场，想到女邻居，拽入感情线。男主人公被邀请赴晚宴，复盘案发现场，情节再回男主人公的职业线：朋友和妻子因为男主人公讲得过于专业而怀疑他。男主人公斯蒂尔回到住所，拜访女主人公，二人相互表达了爱意并确立了关系……通过结构图，我们可以将故事的发展脉络看得很清楚。

一个主人公的专业——写犯罪小说和他的性格特征——孤独、易怒，有暴力倾向联系起来之后，变成了情节推动的原动力。再加上外力——人们对男主人公斯蒂尔的印象和评价（这些很可能都是不负责任的个人主观臆断），以及他偶然

图10.4 《兰闺艳血》剧照

经历的迫使他做出反应的事件（女演员的当面讥讽等），最后决定了他的命运，一如我们常说的，性格即命运。他虽然被排除了杀人的嫌疑，但失去了自己的所爱，重新回到孤独的状态。

这部影片的中间部分，在这三条线索间切换，在铺垫建立悬念伏笔的，也努力表现人物的情感……最后萦绕在观众那里久久不散的，并不是一件告破的凶杀案，而是一个刻骨铭心爱情的陨落。在这几个层面上，节奏的把握变得十分重要。

节奏，并不是简单的快慢结合，一场节奏快的戏后面跟一场慢戏，一个大的场景跟一个小的场景。节奏无论有怎样的外在表现，其目的只有一个，就是建立剧情的递进关系。这个关系的建立中，如果有一个适合的节奏，就能更好地与观众的观影心理融合，变成步调一致。

我们还是以《兰闺艳血》的关键场景为例，看看时间轴上对节奏的把握。第一幕案件发生后，第二幕警察开始进入调查。第二幕开始后的第14分50秒处，警察朋友到访，带男主人公去警察局问讯。作为情节发展的阻力，这个场景持续了5分12秒。接着正向的情节发展推力，女主人公前来证明男主人公的清白，这段持续了4分20秒。然后作为过渡性场景，男主人公为被害人买花，只有30秒。从时间上看，两个重要场景时间比例相差无几，然后有个转折性的过渡。

在第25分钟处，经纪人对男主人公卷入案件不满，并表示怀疑。中间穿插警局正在查看男主人公档案。这段3分25秒的时长中场景和穿插结合运用，展示性场景和交代性的过渡场景结合，保证节奏的平稳。

之后是一个3分50秒的较长的场景，表现男女主人公的感情发展。女主人公拜访，告知经纪人男主人公清白，并与男主人公调情。第32分15秒开始再次连接重要场景，警察朋友夫妇邀约吃饭，席间男主人公对案件的狂热和专业引起怀疑。这个持续了5分55秒的场景作为情节发展阻力，将悬念提升到新的高度：男主人公刚被女主人公证实的清白，再次受到质疑。

第38分10秒开始，持续了8分20秒的两个场景，都是增加情节推力的筹码：男女主人公确立感情关系（2分30秒），男主人公开始认真写作（5分50秒）。这两个场景为再次被怀疑的男主人公助力，同时也保持了剧情发展正反作用力的平衡。

第46分30秒开始，女主人公再次被传唤，警察告知男主人公暴力倾向（3分8秒）；然后是过渡性场景——警察调查被害人男友（30秒）；夜总会，男主人公发现警察后生气离开（2分35 秒）；玛莎提醒女主人公，男主人公有暴力倾向，女主人公赶走玛莎。其间男主人公回来告知晚上聚会（2分43秒）……这几个场景大概时长9分多钟，再次倾向到阻力方面……

从以上的例子中，我们大致能看到时间轴在节奏中的表现。我们可以参考时间，对照影片，结合剧情去体会到底什么是节奏，节奏是怎样的。快的节奏不意味匆匆而过，也不意味着将场景缩短，让一切变得精简。我们通常所说的节奏快的影片，如果我们拆分开看，快，来源于情节的紧张给我们心理带来的紧迫感，而非其他所致。同理，一场细致缓慢的场景，只要有足够的内在张力（情节的悬念、人物的心理等），也不会让我们感到拖沓。所有给观众节奏散漫拖沓的影片问题，都不仅仅是节奏上的问题，也是情节设置等方面的问题，是情节设置问题在节奏上的反映。

很多影片，尤其是惊险片，好像在影片中有一条观众看不见的绳索，它牵动观众的神经，时而紧张时而松弛，这也是观影享受的一个部分。导演《沉默的羔羊》《七宗罪》这样的影片，其绳索就是警探能不能在凶手杀害下一个人之前抓住他。围绕这个不变的所有变数都是悬念，都是让我们紧张的因素。正如麦基所说的那样，“如果重大高潮之前场景漫长而迟缓，那么我们想要制造紧张感的大场景则会流于平淡。因为我们已经在不太重要的迟缓场景中，过多地消耗了观众的精力，伟大时刻的事件所得到的反应只是耸耸肩而已。相反，我们必须通过缩短节奏，螺旋式地提升速度来挣得停顿的资格。当高潮来临时，我们可以踩住刹车，拉长放映时间，令紧张感长留不去”[1]。

（结构图见附录2）

---

1 罗伯特·麦基：《故事》，铁东译，天津人民出版社，2014，第342页。

5. 节奏在结局

第三幕就是结局。

我们在前面的章节谈过结局的设置，现在我们看看如何在节奏把握上结局。无论商业片还是文艺片，在结局部分投入的时间比例都是一样的少。

无论什么情节类型的影片，如果整个情节设置都是将一根观众看不见的绳子拉紧，那么结局的最主要的工作，就是将这根绳子放松。

怎样松？一下子松开，像某些交响乐最后轰鸣的戛然而止！电影《至暗时刻》就是典型的例子，男主人公丘吉尔在下议院的豪迈演讲，喊出了民众的心声——我们要战斗，在海滩上、丛林中、高山上，我们要保卫我们的领土，为了胜利去战斗……他的话让整个议院沸腾了，这也意味着全英国同仇敌忾的豪迈和勇气……在纸片纷飞中，男主人公离开议院，门在他身后关上。电影结束之后出现的黑屏上的信息，仍然让人泪目——因为这个男人的努力，被围困的30多万英国士兵几乎都回到了祖国！

还有很多战争片都有类似的结局。这类结局其实是在展示高潮的最后部分，将结尾变成影片高潮的一个部分。这类影片的结尾，观众与影片的共鸣尤为重要。影片的高潮也在观众心里掀起了高潮，让他们深深地感动，才能久久地沉浸。电影《波西米亚狂想曲》的结尾也落在了影片的高潮上，这是一个较长的高潮也是一个较长的结束，但观众没有任何长的感觉。这个长的高潮和结局自身随着歌声起伏，时而抒情时而激越，令观众完全沉浸在歌声中……歌声中剧情历历在目，男主人公经历的一切让歌声更加感人……一个完美的结局。

还有一种结尾，是高潮留下的余韵。

这类方式结束的电影，我们不能不提到卓别林的《城市之光》。前面在从情节谈结局时，我们已经说到这个结尾。这个结尾超越了结尾的技法，它仿佛有了自己独立的生命，即使我们忘记了影片的剧情，这个结尾永远难忘。这是可遇不可求的创作。

这类影片结束的方式也很常见，尤其在文艺片中，也有很多影片想要因此唤起观众的思考。电影《狩猎》结尾的枪声和男主人公不太好定义的表情，就是留给观众的思考题。

图10.5 《波西米亚狂想曲》剧照

电影《放大》的结尾同样意味深长——那场正在进行的网球赛，没有网球但有网球赛的双方和他们的动作。这象征并延伸了整个电影的主题：我们寻找真相，因此接近真相。但我们与真相更加接近甚至最接近时，真相消失了……

作为影片的结束，电影《敦刻尔克》同样不能不提。这是一个罕见的电影结局，恢宏但又感人，即使到了电影最后的片刻，导演诺兰仍让他的电影保持着立体的丰富：火车上的士兵，迎接的民众，报纸上的消息，蓝天上的飞行员……这样的结局让观众难以离开电影院，他们愿意听着片尾的音乐，看到最后一行字的消失，看到影院的灯重新亮起。

反转的结尾。

这类结尾多见于科幻恐怖或者侦破片，让观众大吃一惊的结局有时也是价格很高的结局。很多观众因为结局重新观看影片，寻找初看时被自己忽视的蛛丝马迹，最后再一次恍然大

图10.6 《敦刻尔克》剧照

悟，被编导缜密的布局和构思折服。但这类影片的侧重点放在让观众看烧脑的情节设置上，整个影片的节奏服从情节的设置，往往有缺乏变化的节奏。内涵上即使赢得了观众智力的折服，但鲜有走心之作。

电影《看不见的客人》最后的大反转——假冒律师；电影《小岛惊魂》的鬼魂和真人，以及电影《第六感》，都属于这类电影。这类结尾类似整个情节的绳索一直绷到最后一秒，最后没有松开，反而是绷断……观众重新回到影片，再一次将绳索接上。

6. 结构和节奏的融合

让·科克托曾说，电影的布局要服从于故事的内在节奏……故事有内在的节奏，这是我们无法忽视的前提。

无论文学还是电影，作者只有首先遵守这个故事自带的内在节奏，才能出色地完成创作的表达。《这个男人来自地球》同样是美国电影，但却没有受到太多好莱坞的影响。这个电影只有一幕，几乎没有情节，贯穿整部电影的都是对话。尽管如此，它也取得了自己的成功。

电影《朱莉小姐》[1]只有两幕，而长达四个小时的《美国往事》分出多幕，但不冗长，这就是它叙事节奏的功劳。《美国

1 丽芙·乌曼导演，挪威Maipo Film 2014年出品。

往事》描述了几个人的三个人生阶段——青少年、中年和之后的真相大白，尘埃落定的余生。整部影片的多条情节线，都获得了良好的叙事节奏，过渡自然一贯到底，令人久久回味。《美国往事》给我们留下的观感之一，仿佛导演在用影片讲述自己的成长，他不仅尊重故事的内在节奏，而且让自己与之融为一体，堪称呕心沥血之作。

节奏和内容相关。决定节奏的幕及场景也取决于内容。在这方面，任何强行设置都可能遭到内容的“反抗”。如果编剧没有发现这种阻抗（它往往表现在难以逾越的瓶颈上）的敏感，最后就有将作品变成一部烂片的风险。

电影《看不见的客人》作为情节结构和节奏的典范，我们不妨深入探讨一下。亚里士多德在《诗学》中曾经阐述过，他说我们看完或者演完一个故事所需要的时间和这个故事讲述时所需要的转折点数量有关联：作品越长，重大的逆转便越多。这句话的核心说的就是故事的可读性和电影的观赏性，决定了作品是吸引人还是令人厌倦！

总之，情节设置，节奏安排，这些属于创作者权限的范畴，最后应该由内容的内在生成决定。

十一

人物塑造

1. 人物的性格

什么是人物塑造?

我们有时提出这样简单的问题，有人也许会觉得很粗浅。其实，如果我们对粗浅发出疑问，给予关注，就是学会的最基础步骤。

人物塑造就是描绘一个人。如何描绘一个人? 在小说中，我们可以通过描绘他的外貌和心理，向读者介绍他是怎样的。在电影中，外貌不用描绘，观众一望便知；心理无法描绘，看不见摸不着。因此，在电影中他们谈到人物塑造无外乎两点：一是通过人物的性格，二是通过人物的行为。当然还有一些辅助的方法，我们最后一并讨论。

(1)人物与性格

在电影中，我们对一个角色发生兴趣，一定是他的性格特点感染了我们。他表现出的性格特点也许与他的精神境界有关，也许与他的行为方式有关，也许与他的性格有关……总之，有了性格，这个人才是一个具体的人，一个可感的人。否则，人在具体的归类中只具有同类的共同特征。在电影中，人物无法单靠这些共同特征变得生动。有些作者通过这些共性“硬”写出的人物，我们用脸谱化就可以评判了。一个离婚的父亲，全世界有千千万万，但《克莱默夫妇》中的那个离婚的父亲，给我们留下了深刻的印象。

银幕上的成功人物——无论让观众喜爱还是反感，这都是共鸣的表现。那么这样的人物塑造，我们通过刻画他们的性格表现其个性的同时，也要注意让他们具有人的普遍性，这样才能让他们在众人心里活起来。这种普遍性在野田高梧看来，就是人们共同认可的善恶美丑。这些不变的人情，编导在具体的剧情中，将其糅进人物的个性中，就能创作出性格鲜明能够引起共鸣的人物。

电影《这个杀手不太冷》之所以如此受欢迎，是因为男主人公里昂给我们留下了深刻的印象。一个冷酷的杀手，按常理他不会多管闲事，尤其是贩毒邻居的闲事，但是一个小女孩敲门求救，他不能不开……之后，他惹来了杀身之祸，他的形象一直随着电影活了下去。就像有人说的那样，人是多变的，但人物是永恒不变的；同理，人是会死的，但令人难忘的人物是永存的。这个电影中的男主人公里昂并不是一个所谓的正面人物，他身上既有作为杀手的冷酷，也有作为一个人的温情和善

图11.1 《这个杀手不太冷》剧照

良。他身上的所有特征我们也能在每个观众身上找到近似。但是，他的所为并不是每个观众都能做到的。因为恐惧，多数人不会开门；同样因为恐惧，因为自私，多数人不会让女孩连累自己，不会选择为他人牺牲自己的性命。因此，这个人物变成了这个电影的灵魂，让这个当年票房一般的电影，时间越久变得越受欢迎。

人物的性格和他的行为，在整个影片中应该是先后贯穿，要有一致性。性格发展和转变都要保留在这个一致性中。换句话说，这个人的性格和行为，无论怎样变化都有自身的局限，这个局限——也就是这个性格的人永远也不会做那样的事，这就是我们强调的一致性。电影《美国往事》中的主人公之一麦克斯，在剧情发展中，他的性格前后有很大改变，当然这也是成长和步入社会成熟的必然结果，但我们前面说的性格一致性一直在这个人物身上：他的心计、狡猾、贪婪、义气、狠毒……最后他选择的自我了结的方式，让观众感觉正是他这种人能做到的。所以，最后我们看到那辆远去的垃圾车，心里不免产生了几分悲悯。这也许正是编导塑造这个人物希望有的落点。

（2）性格的层次

电影中的人物与现实中的人一样，他们表现出的性格不一定是他们性格的全部层面。很多人的性格与心理密切相关，在特定的环境下，比如外在压力或者良心道德等内在因素的矛盾的情境下，心理会激发出人物展露性格的另外层面。电影《这个杀手不太冷》的男主人公，观众初看时，对他的性格印象是冷静的杀手，这与他最后表现出的心很软的深层性格所构成的反差，让这个人物形象变得鲜活。

电影《完美世界》中的逃犯布奇冷酷无情桀骜不驯，这是他最初展露出的性格，但他劫持了小男孩一路逃跑的过程中，他的所作所为展现了他性格另外的一面：正义、柔情和英勇。最后，他变成了男孩不依不舍的那个比父亲还亲的男人。这种逐步展露人物性格层次的方法，是影片中塑造人物好用的方法之一。电影《低俗小说》中的约翰·特拉沃尔塔饰演的杀手，因为会跳舞给观众留下了深刻印象。跳舞赋予了

图11.2 《完美世界》剧照

这个人物一个似乎无关紧要的特征，但它却给观众留下了深刻的印象。

（3）悲剧性格

我们常说，性格即命运。一个人的性格决定命运，还是命运决定这人只能拥有这样的性格，这是一个鸡生蛋蛋生鸡的循环话题。但性格和命运的联系，我们可以充分利用，让它成为塑造人物的手段。

在莎剧中很多人物具有这样的性格特点，哈姆雷特、麦克白等，他们都是因为性格导致了悲剧的发生。哈姆雷特的性格非常复杂，这种复杂导致了他行动力的羸弱。他的性格中很多方面都是互相对立的，对行动力而言，对立的性格只能产生优柔寡断，产生迷惘，因此徘徊。他不乏睿智，用计试探国王，用调包计让自己脱离险境，但有时聪明也反被聪明误。他孤傲却又自怜，清醒的同时也有迷茫，这就导致他对现实的判断缺乏客观性，这也是最后悲剧发生的原因。

悲剧性格的表现还有偏执。在很多影视作品中，主人公的性格刻画上都有偏执的色彩。美剧《亿万》中的两个男主人公——亿万富翁艾克斯和法官查克，他们的共同性格特点之一就是偏执。这一点推动着他们两个人之间的冲突和发展，他们因为偏执做出的决定与常人不同，因此才有独特的剧情。美剧《绝命毒师》中的化学老师沃尔特的诸多性格特点中，最明显的也是偏执，否则他不可能从一个癌症患者变成一个制毒者。电影《日落大道》的女主人公的不甘，也是性格偏执的反

图11.3 《日落大道》剧照

映。她无法接受落花流水荣华不在的事实，以至于无法分清虚幻和现实，最后面对闪光灯的灯海时以为自己的电影开拍了……当然，在电影中人物性格有很多方面，无论选择哪一个方面聚光，目的都是为了更好地推动情节或者刻画人物。

2. 人物的行为

电影中的人物到底是怎样的？

每部电影都是观众结识人物的过程，从相识到相知，从喜欢到失望，从无感到意外的惊喜……这是一个充满变化的过程。

人物是变化的。这个变化也是呈递进趋势的，要完成这个递进的加强，人物的行为尤为重要。只有在行动中，人物才能显露内在的品质。

每部电影都是人物要实现自己的目标，那么按照情节设置的规律，他必定要经历很多阻碍。因此，人物在困境中的行为，就是最有效地增加递进的方法之一。正像亚里士多德说的那样，我们关心的是一个人所做的事情，对他为什么要做并不是很感兴趣。因此，要增强人物的行为，不要过多顾及动因。

电影《肖申克的救赎》中的安迪就是一个非常成功的电影人物。我们甚至可以说，这个成功塑造的人物是这部电影成功的重要因素，再加上安迪的扮演者蒂姆·罗宾斯和瑞德的扮演者摩根·弗里曼的出色表演。片中男主人公年轻的银行家安

图11.4 《肖申克的救赎》剧照

迪，因妻子和其情人被杀被冤枉入狱……在一个名叫肖申克的监狱里开始了自己的救赎之路。

安迪的救赎就是他的信念——他要洗刷自己的冤案，给自己身体和心灵以双重拯救！这样的信念，在监狱中只能给他带来无尽的阻力：面对三个囚犯的同性骚扰，安迪拼死抵抗，一次又一次被打和打回去。外表文弱的安迪向观众显露了性格的另一面——不屈不挠。

安迪帮助狱警搞定交税的事情，表现了他的智商和情商。他很会利用关系改善自己的处境。但他和瑞德不同，他开始关心建图书馆，给囚犯上课帮助他们提升学历……这些安迪的狱中经历的好转，表现了他的情怀。

新入狱的犯人汤米偶然说出了一个跟安迪有关的秘密，他曾经的狱友承认自己杀害了安迪的妻子和她的情人。这个事件在安迪性格刻画中是一个转折点，之后的狱中生活才是安迪意志力的递进再递进。那些已经与监狱融为一体的老犯人瑞德或者老布，与安迪构成了鲜明的对比。他们放弃了救赎。因此，老布出狱后获得身体的自由时，精神和灵魂仍然无处安放，只得结束自己的生命。

典狱长杀害犯人汤米，扼杀了安迪通过法律澄清冤情的希望。之后安迪这个人物的所作所为，用小榔头挖了20年的逃跑通道，帮典狱长逃税洗黑钱同时调包文件，精心策划自己的越狱……他的所有这些行为和性格展现都是影片开篇部分所铺垫的。他之后的行为就是递进的增长，直到最后出现的人物弧光——成功越狱，把自己变成自由人的同时，用证据把真正的犯人送进监狱。

人物塑造，性格和行为如影随形。什么人做什么事。人物每做过的一件事，都是编导精心设置的，它反过来一定要凸显人物的性格。这样几个回合之后，人物就站立起来，活跃在观众的心里了。

3. 矛盾中变化的人物

影片中的人物总在矛盾中，这就是人物们在影片中的命运。而他们的行为，也是人物处在矛盾或冲突中的行为。只有这样处在矛盾中的行为，才能将人物的内在纠结外化出来。而人物的行为又与他们的性格时刻关联，人物的性格有时甚至是引发他们行为的直接原因。有时，人物的行为又让我们对他们的性格有了新的看法和认识。

日本导演三木聪说过的一个例子可以很好地说明这一点。他在地铁车厢里看见盘腿而坐的朋克青年，会觉得这家伙不像样，但看到他给老奶奶让座，又会觉得这是一个不错的年轻人。这就是由反差造成的人物表现，会比正面铺垫的表现更快感染观众。电影《卡萨布兰卡》中的男主人公里克说，他再也不为任何人出头了；他表面对昔日情人表现出的冷漠，都会加深观众对他的坚信——他越是这样，观众越觉得他可靠。事实也证明了这一点，里克就是那种爱说不好听的，爱挖苦人，但做出的事情绝对像样子。

电影《苦雨恋春风》中的人物性格刻画与剧情完全糅到了一起。男主人公卡勒和妹妹麦瑞丽，甚至另一个男主人公米奇某种程度上都具有“表里不一”的性格特点。麦瑞丽最后作为证人，因为自己所爱的米奇另有所爱，要指证他是杀人凶手，观众几乎完全相信这种可能性时，在最后一秒钟，麦瑞丽的良知占了上风，说出了事情的真相，洗白了男主人公的嫌疑。我们也可以说是她心中对米奇的真爱，是可以为爱人牺牲自己的感情……这种大反转带来的人物弧光，最后让麦瑞丽这个人物达到了巅峰。顺便说一句，这部1956年拍摄的电影，表面看是一个通俗的爱情片，但在电影史上却得到了较高的评

图11.5 《苦雨恋春风》剧照

价。有人认为这是一部需要从心理学角度解读的关于挫败的电影。该片的剧情在那个年代所表现出的前卫性和复杂性，以及独特的导演风格（继承了好莱坞德国导演的某些特征）成就了这部影片，被誉为作者电影。总之，这部影片可以作为分析人物性格的教材。

4. 人物弧光

人物在矛盾冲突中的变化，最后的终点就是产生人物弧光（高光）的那一刻。前面说到的《苦雨恋春风》中的麦瑞丽，最后在法庭上，作为证人的大反转就是这个人物最高光的时刻。她之前的种种与善良与爱看似无关的行为，在那一刻都变成她内心深爱的铺垫，变成爱之花绽放之前的空气、水和土壤。

（1）人物的弧光是铺垫而来

“人物的变化，也就是人物的弧光。影片开始时的他们VS影片结束时他们发生什么变化。有时演员会先看头10页，然后翻到最后10页，看看人物有没有巨大的变化。如果没有，他们就直接把这剧本撂下来。”[1]

这样看剧本的演员一定是有经验的，他们知道为什么样的人物努力表演值得。有人物弧光的人物才能给观众留下深刻的印象，因为让人物产生弧光的那些事件，以及对事件冲突做出正确的反应和判断，一般都是生活中鲜有发生的事情。电影《血战钢锯岭》的男主人公最后的弧光也许是持续时间最长最闪亮的那道光。这部电影取材于真实故事，这个人物弥足珍贵，因为这么多次战争只有过这么一个士兵。

电影《爱情的结果》的男主人公——一个沉静内敛的中年男人，在整个影片中的性格发展脉络复杂而有逻辑。这部貌似黑帮片的电影，实际表现的却是一个人对其生活的审核、对尊严的考量和爱在一个男人身上产生的结果。男主人公因为爱上女服务员，开始重新审视自己的生活，对其中的意义和尊严产生疑问，从而产生了新的认识。

经常把黑手党装有900万美元的箱子送到银行清点的男主人公，有一天偷了这只箱子，并且告知黑手党头子：你们偷了

1 威廉·M. 埃克斯：《你的剧本逊毙了》，周舟译，北京联合出版公司，2018，第23页。

图11.6 《血战钢锯岭》剧照

我的生命，我偷你们的钱。最后，他被吊在水泥罐车上，在钱和命之间必须选择的他，选择了死。用死否定自己之前的没有尊严的生活，把偷来的一箱子钱留给旅馆中的一对老夫妇，他们因为没钱每天都在丧失自己的尊严。

他的死，是被爱情唤醒的结果，也是一种救赎。没有爱情他无法看清自己生活的本质，他只是黑手党的一个工具而已；醒来之后，必须死，不死就无法否定他的过去，无法肯定他对自己过去的认识，也不能肯定他认可的生活——有尊严地生活。这也是为什么他在完全淹没在水泥中的几秒前，想起儿时的伙伴，在遥远寒冷的地方修理电线：这是他认可尊敬的生活，也是不属于他的生活。

这部乍看冷酷的黑帮片，因为人物塑造得到位，最后产生的弧光让这部影片有了温情，它最后的落点也有了更高的哲学含义。

（2）人物弧光要避免硬性设置

所谓人物弧光，是集聚之后的一个质变，类似一个变化的顶点。无论这个巨变是顺向的还是逆转的，它都是渐变的结果。

任何一个故事里的主人公，他想要的是什么，要达到怎样的目的，这就是他的核心个性，一开始就要确立。那么之后所有与他的性格、行为有关的事情，都得朝这个既定方向发展，不得改变。假如最后达到的效果是一个令人震惊的大反转，也不是方向的改变，是质的飞跃。只有遵循这样的前提，我们才有可能迎来这个人物绽放弧光的时刻。中间任何违反这个前提的铺垫，都有可能是打扰，甚至可能摧毁我们的如意算盘，最后出现的不是人物弧光，而是一个假大空的傀儡。

对此，我们塑造人物要保持智慧，保持品格，不能心血来潮，做愚蠢或者幼稚的决定，让观众心里暗暗骂编剧的愚蠢。在推动故事发展的同时，时刻创造时机，让主人公做真实生活中多数人做不到或者不做的事情，或者让他对寻常事情做出不寻常的反应。电影《血战钢锯岭》的男主人公参军后，因为宗教信仰不碰武器。这就是常人不会做出的反应，都参军了还不碰武器，那还参军干吗？！士兵不碰武器，战场上干吗？！这些观众心里发出的感慨，最后都变成了人物的光彩——作为一个寻常人（影片开篇用了很多篇幅铺垫他是如何普通的一个小伙子），他做出了不同寻常的惊人之举。这个人物和他的光芒不仅让观众信服，也让他们流下了热泪。

电影《疤面煞星》中的男主人公托尼，是一个出身底层的古惑仔，一路追随自己的欲望，一步步打拼，最后当上黑帮大佬。这是一个勇敢无所畏惧的人，他为了追求自己的梦想，是能豁出命的。杀人或者被追杀对他来说都是习以为常的事情，但是，在最后的枪击中，他露出了胆怯。这才是他的"弧光"，勇气在他的欲望得到满足之后，已经悄悄离开他，所以他只能在酒精毒品中找到慰藉。这个暗在的转折，虽然破坏了这个人物一直以来的性格特点，但揭示的是这个人物更为内在的本质，因此非常成功。这个人物的弧光——既是人物性格的反转，也是这类人物的升华：托尼的经历并不是独一无二的，这条为满足私欲拼搏、到处洒下鲜血的路上，还会有托尼的后来人。托尼的人物弧光照亮的正是这个启示。

5. 人物在故事中

（1）人物与故事

我们看一个电影，如果觉得平淡乏味，这样故事中的人物肯定也不是有趣或有深度的。夸张一点说，电影人物的魅力决定了故事的魅力。那么，我们在考虑电影故事时，首先要充分考虑人物的塑造。很多失败的编剧总是被故事激动得不行，以为故事好，人物是组成故事的部件，也会随着好故事变好。这样的理念最后带来的肯定是失败的作品。客观说，人物的成熟和故事的圆满，在作者动笔前的考量中同等重要。电影《虎胆龙威》作为动作片，很多人喜欢看，甚至那些不是动作片迷的人也很喜欢，其原因就是每集贯穿的“布鲁斯·威利斯”这个人物塑造都恰到好处，甚至有几分感人。

同样的动作片电影“007”系列，剧情几乎是固定的，男主人公也总是由相同演员饰演，但前几年出品的《007：大破天幕危机》从“007”系列中脱颖而出，不是因为剧情而是因为人物塑造。

在这部影片中，爱玛死去了，这意味着这位老太太永远

图11.7 《007：大破天幕危机》剧照

离开了“007”的舞台。剧情设置中成功塑造了爱玛的“坏儿子”，让他们最后狭路相逢的情节既合理又动人。绝望的儿子拿起母亲的手放到枪上，拥抱着母亲，两个头颅叠合在一起……他要母亲开枪，一同归去……滴血的深情。无论母子有怎样的分歧，母亲与儿子是分不开的。当然，导演不会让这一幕发生，坏蛋必须让“007”打死，哪怕这坏蛋是爱玛的儿子。尽管这样，母子相拥迎接死亡这一幕，仍能让人热泪盈眶。此外，这个坏儿子的扮演者哈维尔·巴登的表演一如既往令人印象深刻，可圈可点，看他的作品年表，感觉他连睡觉的时间都用来拍电影了。

（2）人物背景

很多编剧认为必须交代人物的背景，这样观众才能更好地明白人物的行为逻辑。尤其是初学者，总是忧心忡忡地通过人物的对话或者其他人物，进行所谓的交代。一个孤独的男孩，在观众对他的孤独还没产生真正的印象时，作者已经迫不及待地告诉我们，他的父母离婚了，好像这就是男孩孤独的原因。

我们需要交代人物的背景，用片头的字幕或者旁白，但可以这样交代的背景往往也是故事的背景，故事发生在1882年……我出生前父亲已经去世，等等。也就是说，我们可以交代的并不是与人物内心有关的“背景”，例如孤独的原因，绝望的原因……

人物内在的背景，我们可以通过剧情“交代”，通过细节去“暴露”，通过伏笔去“暗示”，通过不经意的表情言语去“流露”……

电影《雨人》中，男主人公的弟弟查理曾经是个好孩子，学习好，一次考试中得了好成绩，希望开车去兜风，却被父亲拒绝，于是硬是把车开走了。他父亲报警说车被偷了，随后查理和朋友都进了监狱，其他的孩子父亲都过来把他们接走了，但他的父亲没有。查理在监狱里经历的痛苦促使他憎恨父亲，离开了家……这就是一个人物内在的背景交代。查理的这个经历影响了他今后的生活。但这个交代又是情节的一部分，不是为交代而做的交代。

电影《东京物语》中的这对老人，去东京看望子女。作者没有故意交代他们这个行为的内在背景，因为天下父母心这个

图11.8 《雨人》剧照

共识就是他们探望子女的初衷。之后影片中这对老人所经历的点点滴滴，都是这个底色上的书写，犹如春雨润物，在观众心里写出无法言说的感伤，便是这对老夫妻的弧光了。

当然，人物的背景还涉及职业、宗教、价值观等，这些要根据剧情酌情处理。

（3）人物的主次

影片中的人物，分为主要人物和次要人物等。

作为主人公需要具备几个特征：

主人公的可信度取决于他人设的合理，出人意料也是合理性之上的锦上添花。人设的合理包括他所要面对的问题，他解决问题的方式，等等。主人公面临的问题或者困境越艰难，对观众的吸引力越大。电影《星际穿越》的主人公所肩负的使命，是为人类寻找新的家园。这一主题覆盖了所有人。正是因为这一特点，主人公必须是主动积极的。《星际穿越》的男主人公库珀不可能被动等待，在他陷入困境时，必须自己解决问题。如果关键时刻解决问题的人不是主人公而是他人，那么那个人就更配当主人公。

一个主人公的人设，最好跟人相似，有人味儿，而不是虚假的造神。那么主人公有缺陷，甚至有点儿怪癖，都有可能在观众那里增加他的魅力。当观众喜欢一个主人公时，他们才会在心里产生对主人公命运的牵挂。电影《洛城机密》中凯文·史派西饰演的杰克，有很多恶习甚至劣迹，但他坦率真

图11.9 《星际穿越》剧照

诚……最后面对枪口并没有出卖自己，赢得了观众的敬佩。

麦基在《故事》一书中指出，次要人物从本质上讲，是由主人公创造的。他们都是为了凸显主人公复杂性格才出现在故事中的，他们是围着主人公这个太阳旋转的行星。

因此，次要人物除了被情节需要，最大的用处就是烘托主人公的性格的各个方面，做他们的陪衬。他们可以是主人公性格的反面，也可以是他性格的延伸，甚至比主人公更睿智，但最后的目的也在于如何让主人公变得更完美。电影《教父》中的次要人物——律师汤姆，从头到尾像一个恒定不变的象征，映衬着教父家族的变迁。一代代教父的更迭，汤姆还在，他的理性一直在，他的忠诚一直在，他的判断一直在……他提醒主要人物，他安慰主要人物，他变成主要人物情绪的平衡。观众对他的信赖和依赖渐渐等同于主要人物对他的需要。从这个人物身上我们可以看到次要人物的重要性。他的戏份不要超过主要人物，他的设置不要越雷池半步——不要超越或代替主要人物。次要人物的性格也可以有复杂的层面，前提是影片的篇幅够大，有分配给他的时间。

电影《安娜·卡列尼娜》中的次要人物安娜的丈夫卡列宁既是一个呆板冷漠的官僚丈夫，同时也是一个负责任有一定同情心的丈夫和父亲。他最后见到痛苦中的妻子，不仅宽恕了她，甚至对她的情人也给予了谅解。电影《美国往事》中的黛博拉虽说是很重要的角色，但也属于次要人物。通过这个人物性格所展露的她的内心世界，充满野心、爱心，既坚定又脆弱，她是影片中成功塑造的人物之一。

很多影片中更次要的小角色也给观众留下了很深的印象。《美国往事》中的另一个角色小男孩派特西，导演对这个人物的塑造堪称经典。一个史诗般恢宏的鸿篇巨制居然用了两三分钟只为了表现男孩派特西拿着蛋糕等邻居女孩，最后自己忍不住蛋糕的诱惑，把本要送给女孩的蛋糕独吞了。每个看过这个电影的观众，都不会忘记这个片段。这个小角色和小片段在那个片刻中似乎从整个影片中独立出来，走进了观众的微笑中之后，又回到了影片中。

观众说不定会爱上影片中的哪个角色，所以编导要先热爱自己的角色。这样在创作中才有可能产生奇迹。

（4）主要人物的对手

《你的剧本逊毙了》的作者说，剧本里的坏蛋不能是某种疾病、制度、负疚感或者天气。这些都只能作为主人公困境的一部分，主人公作为一个人，他必须和一个人类对峙。只有人才会制订计划，拥有复杂的欲望需求。

作为主人公的对手，如果他（她）够强大、够狡猾、够智慧……我们不难想象，这个对手再怎么强大，他（她）都是次要人物，那么他的一切优点，最后都将记到主要人物的功劳簿上。主要人物永远要战胜他的对手。有的编剧认为，对手必须比主人公强大，而且他不能是一个百分百的混蛋，他的坏最好也有坏的“道理”。至少坏蛋的坏，对坏蛋自己而言是能够自圆其说的。而且作为对手或者坏蛋的自圆其说，观众最好也能有所感觉。

麦基在《故事》中提到的一个例子很有意思，一个采访者曾对李·马文说，你演坏蛋已经有30年了，总是扮演坏人一定非常可怕吧。马文笑着说：“我？我没有演坏人，我演的是那些挣扎度日的人，他们是竭其所能去获取生活能给予他们的东西。其他人可能会认为他们是坏人，但他们不是，我从来没有演过坏人。”

这就是为什么马文能够演出精彩反角的原因，他是一个深刻理解人性的好演员，的确如他所说，没有坏人，好坏都是相对的。好人也好，坏蛋也罢，他们和我们一样也是人。他们肯定是相信自己所做的事情，才会为此卖命。或者他们是迫不得已才那样做。总之，他们的理由必须在观众那里产生反应，编剧才算交了合格的考卷。

在现实世界中，我们没见过纯粹的好人或者纯粹的坏人，那么影视作品中出现这样的人物，他的可信度便会很低。在特定的情节和特定的时空中，某人正是一个百分比很高的坏人，这同样是脸谱化的表现，只不过这样的人物一般都是一带而过的人物，并不能真正成为主人公的对手。例如美剧《高堡奇人》中的赏金猎人，他们几乎十恶不赦，编导没有着力去刻画他们坏和狡猾以外的性格或品质，因为他们所起的只是结构作用——增加女主角处境的危险和压力。这样的角色留下一张坏人面孔足够了。

同样是美剧，《黄石》中的两个男主人公约翰·达顿和他的对手商人丹，都塑造得非常成功。后者作为对手，丝毫不掩饰自己对约翰的敌对态度，并相信自己能赢。他算计别人，也在背后做手脚，但不是一个无耻混蛋，最后面对自己的死也很爷们。这个人物有血有肉，对情欲对家庭对买卖等层面表现出的个性丰富而统一，最后被男主人公战胜，为树立男主人公在观众心中的高大形象做出了自己的贡献。这个人物的设置也为之后出现的商人贝克兄弟做了铺垫。与丹相比，贝克兄弟更凶狠更残酷更坏。与丹并列的另一个男主人公的有力对手印第安人托马斯，在烘托男主人公的形象方面也是功不可没。他与丹

图11.10 《黄石》剧照

不同，是一个有野心的政客，同时也是有良知的印第安人保留地的酋长。他在与约翰和丹的周旋中，也有自己的盘算和手段，为了达到自己的政治目的，甚至不惜使用较为卑鄙的手段……但他的底线和品质也有与男主人公类似的地方，为之后他们的联手做了铺垫。

总而言之，人物塑造在创作中是一件辛苦活：做好了很容易被忽视，做不好立刻被诟病。这有点像呼吸，当我们呼吸正常时，没人时刻感恩呼吸，以为这是再正常不过的事情了。一部好的电影如同呼吸，大家认为它就应该是这样的。但呼吸发生问题不正常时，我们对此的反应就像最灵敏的机器。呼吸不正常就像人物塑造没做好，出了问题，观众抱怨甚至指责编导时绝不含混。对一部电影来说，观众才是最严苛的评判者。

如果我们塑造一个人物做得不仅到位，而且合理出彩，这个人物可以是一只老鼠。还有比米老鼠更有名的角色吗？电影《她》中的男主人公爱上了电脑操作系统里的女声，一个叫“萨曼莎”的姑娘。她的嗓音略微沙哑很性感，“人”也是风趣幽默而且善解人意，给孤独而且感情受伤的男主人公很多陪伴和安慰。这个过程中，她也渐渐显露出自己的个性……最后，当她与男主人公分别时，观众和男主人公一起深深地感觉到了——别离难。

而这个“萨曼莎”是一个电脑程序！

图11.11 《她》剧照

十二

场景

我们前面虽然提及了场景，但对场景的理解，最好是在学习结构设置之后，才能变得具体有效。这里我们较为详细地叙述一下场景的特质。

一部电影的节奏是由场景的长度决定的。

一般说来，一部两小时长度的影片要有五六十个场景。麦基在《故事》中总结道，如果每个场景的平均长度为两分半钟，在一个标准格式的剧本中，一页即等于一分钟的银幕时间。他认为，如果你的剧本的场景平均长度为五页，那么你故事的进度就像牛车一样慢了。

场景的平均长度是二到三分钟，反映了电影的本质。同时，也是观众对富有表现力时刻最饥渴的长度。大多数导演的摄影镜头都能在两三分钟之内完成有视觉表现力的任何东西。如果一个场景延续的时间太长，那么镜头势必会重复，镜头重复时，表现力便会流失，影片的视觉效果会变得沉闷。

我们从下面几个方面，具体探讨一下。

1. 场景中的戏剧性

（1）场景中的戏剧冲突

冲突，我们放到情节中理解，与场景中的冲突，几乎是相同的概念，区别只是隶属关系。场景中的冲突为情节冲突服务。戏剧冲突这个概念有所侧重，但本质上与我们之前谈到的冲突别无二致。场景中的戏剧性必须通过冲突完成，我们命名为戏剧冲突还是冲突，无碍。

场景是电影的基本组成部分。每个场景自身也像一个小电影，有着自己的起承转合，有自己的任务和目的，有自己的独立性和独特性。当然，这一切都要围绕主题和情节主线运行。

场景除了这些特征外，它最重要的特征是必须具有戏剧性。我们通过一个例子看一下何为场景中的戏剧性，亦如戏剧性冲突。

野田高梧在他的《剧本结构论》中提到一个例子——一部由哈利·瓦特编导的半纪录片《长途跋涉者》。

……天气炎热，缺乏水源。数百数千头牛没有水喝，伸着舌头穿梭在荒野里。如果有河，牛群就在河边停下；有沼泽，牛群就在沼泽边停下。总之，哪里有水，牛群在哪里休息，然后再启程，从一处水源移动到另一处水源。但是有一天，沿途完全没有水，既没有河流也没有沼泽，牛群不停歇地

图12.1 《长途跋涉者》剧照

在炎热的荒野中迁移。太阳快要落山了，牧人们到达了计划的露营地。在距离露营地几公里的地方有一处沼泽，但那是一片没有底的沼泽。如果踏进一步，动物就会全身陷入沼泽中，所以牧民们不能让哪怕是一头牛靠近沼泽。但是到了傍晚，一头又累又渴的牛，突然抬起鼻子，闻到了水的味道，接着两头、三头、五头、十头牛……所有牛都抬起鼻子，感受着水的位置。它们本能地感觉到了沼泽的方向和位置。首先有一头牛慢吞吞地开始向沼泽的方向走去，接着两头、五头、十头、二十头、五十头、一百头—— 牛儿们渐渐形成一大群，而且移动的速度慢慢变快。牧民们骑上马开始追赶，想要把它们赶回来，这时候，牛群已经扬起灰尘，开始跑向沼泽。数百头，上千头……摄影机的视野范围内都是牛群，它们无视拼命追赶的牧人骑的马，拼命往沼泽跑去。牧民们扬鞭狂奔，终于追上牛群，调转马头，开始和牛群对峙……

这就是一个极富戏剧性的场景。

这是一个被记录的自然场景，但里面仍然有戏剧性。天气炎热，缺水，牛群严重饥渴（环境铺垫）——发现水源牛饮水，继续前行（正常情况下，略写）——长时间没有水源（危机）——发现沼泽，但没有底，对牛群很危险（比危机更大的危险）——牛群发现了沼泽，危险！牧民拦截牛群（高潮）！

我们在这个场景分析中看到了它的起承转合，看到了它的完整性和戏剧性。这虽然是一个纪录片，但通过剪辑，这个场景的戏剧性被挖掘出来。这个场景的戏剧性产生了强大的感染力，我们从这个片段不难想象整个影片的景象。

场景的戏剧性与电影的戏剧性性质是一样的，都是将冲突展示出来。冲突中的一方我们设定为主要一方时，他们想要做的事情，想要达到的目的就必须清楚，这样观众才能理解他们为此所付出的努力或者牺牲。在上面我们提出的例子中表现的是自然和人的对立、人和人的对立、人的内心和外在的对立、情感和理智的对立，等等。这一切都可以构成戏剧性。

（2）场景冲突中的人物

很多有经验甚至著名的编剧都在强调场景中的冲突。他们认为场景中的人物都处在冲突中，与他人，与外界，与自己…… 这似乎是编导表达对人性看法的第一步——让人们都处在冲突中，仿佛之后他们才能显露更本真的人性。

这就像我们日常生活中经常说的那样，事儿上看人，患难见真知。冲突在这个意义上是额外的压力，更容易挤榨出人性深层的存在——勇敢、崇高……或者凶残、卑劣……

在人与人的冲突中，有些是敌对的，你死我活般的；也有的是无意无害的，发生在相爱的人之间，或者家人朋友之间的冲突。我们看美剧《黄石》中的女主贝斯，她与很多人有“冲突”，但性质不同。她替父亲面对家族的敌人，就是关涉生死的冲突；她和父亲之间的冲突，就是亲人间的不和；但她与所谓哥哥詹米之间的冲突，也是敌对的。

把握人物间冲突的性质，与人物的定位和性格有关，最好每个陷入冲突中的人物，都没违背自己的人设和性格，这样才会产生说服力。电影《美国往事》中的黛博拉就是一个性格复杂，在行动和情节上因此也起到了推波助澜作用的人物。她聪慧有野心，因此早熟，对于年少懵懂的少年“面条”来说就是女神。她的成长中与女神相对的另一面——世俗的考量、虚荣等，一直让狱中的“面条”无法体察。这也是之后那个著名场景的铺垫。“面条”请黛博拉吃豪华晚餐这个场景给观众留下了深刻的印象，除了情节的反转——晚餐后黛博拉拒绝了“面条”的更进一步的感情要求外，这个场景也是一个巨大

图12.2 《美国往事》剧照

的伏笔：黛博拉到底是怎样的女人？在观众的已知中，黛博拉有心机，喜欢冷嘲热讽，但她对“面条”的感情似乎是很坚定的，那么晚宴之后的一切都应该是顺理成章的，但她的拒绝是认真的，受的伤害也是，这就带来了更大的谜团。这个谜团暗示的就是她那时已经名花有主，之后这两个人再见时的情形也说明了一切。

回到晚宴这个场景，我们看到人物与情节的融合，可以多么有力，深藏不露地推动情节发展。

此外，场景设置中很多高明的编剧经常一石二鸟，设置情节为情节铺垫的同时也十分注意刻画人物。电影《奇异博士》中的男主人公斯坦奇在电影开始不久的一个场景中，拉开他的抽屉，里面都是名表，他戴上了其中一块有刻字的积家表就是一个铺垫，一个伏笔。男主人公也可以从某个地方拿到这块表，但从一个满是名表的抽屉中拿出，这个细节说明了男主人公有收藏名表的爱好和经济能力，暗示了他的外科医生职业和名表精密之间的关联……这个细节也许只有一两秒钟，但让我们更加了解这个角色。

好的场景设置就像一个能力全面的高人，可以同时做几件事。

（3）场景中的非戏剧冲突

新藤兼人[1]说："我曾一直坚信，如果要写戏，就要有激烈的冲突。喜欢写人与人的斗争，直到后来，花了很长时间才意识到这种做法是没有价值的。"

从上面这段话我们可以看到，一个场景可以表现戏剧冲突，除此之外，也可以表现出别的，有趣的，美好的，令人愉悦的……

我们之前提过的一个例子，就是《美国往事》中男孩派特西吃蛋糕的那个场景。这是一个没有戏剧冲突的场景，当然有一点小男孩和自己的"馋"做斗争的意思。他最后的失败，自己把奶油蛋糕吃得精光的场景，给人留下了美好的印象。电影，同样也需要这样的场景，没有冲突但有美好、乐趣和回味。

1 新藤兼人（1912—2012）：日本导演、编剧，代表作有《原子弹下的孤儿》《裸之岛》等。

电影《晚春》的结尾也是一个令人感伤、回味无穷的场景：女儿出嫁了，一直与女儿相依为命的老父独自回到家里，一人削苹果，果皮削到一半断了，镜头转到涛声依旧的大海……

日剧《面包和汤和猫咪好天气》全剧共四集，整个剧的剧情都没有明显的冲突，几乎都是安静外化出来的有关人生的思考。看完这部剧喜欢这部剧的人都希望它还有后续，这跟这部剧的很多场景有关。影片开始的场景几乎都是空镜，但亲切朴实，好像立刻把观众拉入的不是一个电视剧，而是一种生活。狭窄的小街，街道两旁低矮的房屋，绿葱葱的花草房前屋后，小街的尽头是一棵倾斜的大树……一个男人走进画面，走到挂着半帘儿的木屋前，里面走出几个大学生模样的男孩子，他们称赞食物好吃。男人走进屋里，镜头拉近，门前的花草茂密，里面传出几个男人的声音，他们在商量今天点什么菜，喝什么酒…… 这一个场景就结束了。这个场景只交代了故事发生的地点——这条小街上的这家小饭店，但观众已经充满期待。

不是所有的观众都被冲突和矛盾的外化吸引，也有观众对无法言说但可意会的氛围感兴趣，还有的观众对意境感兴趣。《面包和汤和猫咪好天气》这部剧中，还有一个场景也很淡雅。女主人公一个人在休息日去了一个寺庙，与那里的主持一同喝茶，聊天。他们没说什么至深的道理，说出来的也不

图12.3 《面包和汤和猫咪好天气》剧照

过是寺庙的特点，日常人的心情等，然后两个人告别，编导也没有交代这个年轻的男人是不是女主人公的亲戚，虽然之前有过暗示，但他们相见相谈烘托出的氛围已经感染了观众……这部剧像很多其他日剧一样，通篇充满了这样清淡宁静的场景，最后也成了这类日剧的特点。像前文说的那样，什么是有价值的，什么没有价值，都是人赋予的。日本的编导赋予平淡的日常生活很高的价值，然后小津安二郎这样的导演也变成世界著名导演了。

每个人最终还是要根据自己的喜好寻找自己认可的价值。

2. 场景的功用

场景是组成电影的部件，电影有从第一分钟到最后一分钟的时长，我们不妨把场景想象成是“带轮子”的部件，在这个时长中穿梭，推动电影前进。换句话说，场景的开始到场景的结束应该有变化。

一对恋人想租房子共同生活，看了几个房子男友都不满意，最后他们吵架分手了。

男友跟自己的朋友见面，告诉对方这个方法很灵。

以上两个场景，对观众而言，它们开始和结束，我们知道的信息不同，变化了。这就是场景对情节的推动。

此外，通过这两个场景，我们对男友这个人了解得更多了。好的场景不仅推进情节发展，也为观众带来更多人物的信息。所以，好的场景最好是能兼顾这两方面，甚至有更多的功效。这样的场景就是剧本必须保留的场景，它们太有用了。

好的场景还可以给观众带来好奇。之前我们说过的《美国往事》中晚宴的场景就有这个功效——引发观众对黛博拉的好奇之心。作为编导，无论是设计情节还是场景，首先要深入研究人物的内心世界，在那里挖掘出的可能性越多，意味着外化以后，可能发生的事件就越多。事件总是因人而发生的。这个意识建立之后，编导的创作过程中也会有更多的额外发现。我们意识到这一点十分重要：我们开始动笔写作以后，不意味着一切都固定，按照大纲来就可以，而是一切都将带来更多的可能，甚至更好的可能，写作是一个随时完善的过程。这种既固定——固定的是人物和故事，又不固定——人物和故事的融合发展，一旦在创作者那里获得许可，它能将剧本带到更好的处境中，让我们发现我们没有意识到的新的情景情境。这对场景的书写至关重要。

有的作者在剧本写作中经历过突如其来的“激动”，人物在作者的这种“激动”中开始做意料之外的事情……“我只顾

图12.4 《美国往事》剧照

自己埋头一路写，让麦克洛普呼喊着他的名字，让他在一根电线杆旁停下来，等他回来，突然间我的手指开始自己创作。他取下了结婚戒指，把它扔到街上！然后麦克洛普倚着电线杆底座跌坐在地，精疲力尽悲痛欲绝，我没有这么做，是他自己这么做的……”[1]

我们管这个激动叫灵感，还是叫心血来潮都无所谓，这种冲动很宝贵，哪怕它最后的呈现与整个剧本不协调因此被删掉，但它曾经的存在，对作者来说仍是意义重大的。

1 威廉·M.埃克斯:《你的剧本逊毙了》，周舟译，北京联合出版公司,2018，第88—89页。

3. 场景的设置

（1）场景的连接、转折和反转

我们在前面也提到了，场景是推动情节发展的，所以它自身也要有发展，同时它还需要承上启下，起到连接的作用，所以转折或者反转便是连接作用的锦上添花。

电影是靠场景衔接起来的。观众当然更喜欢意外的惊喜，但这意外或者不意外的惊喜需要　平庸。无论电影还是戏剧，它们的本质就是动作或者事件的连续发生。那么发生与发生之间的连接，就是什么都不发生的平静或平淡。这样的搭配才能让那些激动人心的刺激有效果。因此一部影片中就需要一些起这样衔接作用的不是很出彩儿，但有很重要的结构作用的过渡性场景，所谓平庸的场景。

过渡性场景就像是迎接重要场景的准备，它们的重要性就在于为更重要的场景发生前进行铺垫或者交代，像是绿叶之于花朵。在结构上，这样的场景的作用更多表现在情节线性推进中的短暂交代。它们在银幕时间上停留得往往较短。而那些重要的场景在银幕时间上，仿佛停止了一般，因为这些重要的场景在“停止”的时间里，需要做很多描绘的事情，比如氛围、人物的心理外化、即将揭晓的伏笔，等等。而这些场景也是剧情转折所在。

我们这里讨论的是编剧范畴，过渡性场景延伸出去的很多属于二度创作范畴的，比如转场，我们就不涉及了。

过渡性场景，在电影中几乎随处可见，也有悄然而过还能给观众留下深刻印象的。电影《廊桥遗梦》中，女主人公弗朗西斯卡送走丈夫和孩子，向他们的车子挥手，然后独自站在家门口看着那条路，之后看看门前的花草，然后是晚上她继续听自己喜欢的音乐，狗向她跑过来，她和狗说话，对歌里的某句台词稍有感慨……这就是一个典型的过渡性场景。它要把丈夫和孩子离家后的某段时间“撑”出来，这段时间里真正的事件还没发生，但这个时间段里的内容必须有。虽然它对情节理解不重要，但对电影的节奏很重要。就像呼和吸一样，我们无法想象没有呼的吸或者反过来，在电影中事件发生的空隙，需要“不发生”填补。

除了保证节奏的填补之外，有些过渡性的场景也能起到另外的作用——高潮的低点，更加凸显高潮的感染力。同样是《廊桥遗梦》，弗朗西斯卡的丈夫和孩子回来后，家人的晚餐，看电视，之后的购物，直到弗朗西斯卡重新回到丈夫的皮卡车上，之前都是过渡性的场景。它们的存在为最后高潮的感染力迸发做了助跑。

电影中场景起到转折作用的，相对之前过渡性场景而言，无疑更重要，也都是重头戏。

电影中的这些场景都变成剧情的转折点，那么整个影片的节奏也会因为这种偶尔发生的转折变得更有起伏。所以我们在场景设置中，考虑到连接作用之后，偶尔也要考虑转折和反转，这是令人眼睛一亮的地方。

讲故事的人把我们引入期望之中，让我们以为自己一切都明白，然后将现实撕裂，制造惊喜和好奇，把我们一次又一次地往故事的前面部分送，在每一次回溯的旅程中，我们都能获得越来越深的见解，深刻地理解人物及其世界的性质，这是对隐藏在电影影像之下的不可言传的真理的一种顿悟。然后，他将故事引向一个新的方向，引向一系列不断升级的顿悟时刻。

“讲故事就是许诺，如果你注意听我讲，我就给你惊奇，接下来便是发现生活的喜悦，在你从未想象过的层面和方向探知生活的喜怒哀乐。而且，最重要的是，这一切必须处理得那样轻松自然，以使观众不知不觉中就被引向了那些发现。一个漂亮的转折时刻起到的效果是，当观众突然获得了某种见解时，看起来就好像是他们自己做到了这一点。在某种意义上而言，他们也的确如此。见解是观众注意听故事听到的奖励，而且一个设计漂亮的故事能够一个场景接着一个场景地激发出这种愉悦……”[1]

麦基的这些总结，让我们更加明了场景中转折和反转的意义。同时也向我们阐明，编导如何和观众建立内心层面的共识。你引导我看到的，我看到了，我同意它的意义和价

1　罗伯特·麦基：《故事》，天津人民出版社，2014，第270页。

值……这时观众就更愿意跟随。编导继续给出更好更出人意料的场景，哪怕是需要观众自己思考的，他们的积极性也会跟上。因为获得与编导同样的认知，会让观众有参与感，减少观众被动感的同时，增加了他们的主动和热情。尤其他们觉得不是每个观众都明白了编导的意图时，更为自己骄傲。当我们在网上看到详细分析电影《看不见的客人》的长文时，就是这样总结的佐证。

电影《一片好心》有两个场景，都是男主人公卢卡斯出门去找鸭子。第一个场景的运用属于承接和铺垫，男主人公在追赶鸭子过十字路口时，有汽车经过。这时观众已经意识到，这

图12.5 《一片好心》剧照

是一个视线有死角的十字路口……卢卡斯第二次深夜出门找鸭子，忽然被疾驶而来的汽车撞着了，一个大大的反转让观众黯然神伤：卢卡斯的生活刚刚步入正轨，刚刚有了幸福的萌芽的时候，他失去了生命。这个场景中的反转又为影片最后的令人意外的结局做了铺垫。

电影《闪灵》中女主人公发现丈夫的创作，就是在每一张纸上写满一句相同的话时，也是一个巨大的反转，意味着从此以后，他们母子面对的敌人还可能再加上一个——自己的丈夫。

这是一个恐怖片里的经典反转：

一个漂亮姑娘躺在床上害怕极了，下巴缩进被子里，只露出一双眼睛。

过道的门缝里射进一道光。

她惊恐的脸。

门缝下面射进来的光和脚步的阴影。

她完全吓坏了。

门把手转动。

那个女孩已经吓得要晕过去了。

门终于打开，完成第一个反转——她瘦骨伶仃的老姨妈给她端来了夜宵：茶和蛋糕！

姨妈离开，门关上了。

女孩平静地嚼着她的夜宵。

一个戴着头罩的利爪狂魔从棚顶跳下——第二个反转。

第一个反转缓解了观众的紧张，刚放下的心再次被荡起……这是恐怖片最常用的手法。

(2)场景中的感情转变

布列松说过，应该是情感导致事件的发生，而不是相反。

电影《骡子》中的男主人公，离婚破产，有点走投无路。但这样境遇下的老人很多，他们绝大多数不会因此运毒。男主人公厄尔作为一个退伍老兵，他不仅选择了当骡子运毒，而且还将赚到的钱花到他认为最正确的地方——花在他人身上。这就是情感导致的事件发生，之后的剧情发展，几乎每个场景中我们都能看到厄尔情感的主导地位。他得知前妻病危，毅然放弃运毒，冒着生命危险安静守着临终的前妻，最后得到了谅解。这也是厄尔赋予亲人的感情价值，他赚的钱

图12.6 《骡子》海报

越多，他越清楚一辈子里最重要的不是钱，而是亲人之间的感情。

由此，我们看到场景设置一如剧情设置，要先把人物的感情和他的价值取向表明，让观众对此认可，被感动，这样他们就会移情人物，随着人物为此奔波和奋争。厄尔的不良行为，随着他对自己过去生活的反思，逐渐开始向正面转化。最后作为犯罪分子被抓获的厄尔得到了家人的谅解和爱戴，也得到了观众的同情和好感。

最后，有必要明确一下感情与情感的差别。情感是一种较为短暂的体验，而感情却是一种长期具有渗透性、弥漫性和知觉性的持续情绪。《简·爱》可以说是被翻拍成电影次数最多的一部名著，其中的原因之一与简·爱的情感方式有关。她对男主人公罗切斯特的感情即是这里说的那种长久的富有知觉可以弥漫一个人整个生命的，它完全超越了美丑和生死，可以说已经变成灵魂层面的契合。

(3)场景中细节的意义

电影《廊桥遗梦》最后的男女主人公永别的场景，就是从两个人的相爱变成两个人的巨大悲伤，从此再无爱的欢愉。在整个场景的持续中，充满了“欲擒故纵”的抑制：弗朗西斯卡呆呆的凝望，罗伯特雨中忘我的深情凝望，都在集聚着两个人抛弃一切，为爱相拥的冲动。丈夫平静散漫的自言自语，妻子握紧车门的手；罗伯特红灯前的等候，绿灯时的犹豫……仿佛都变成了呐喊，再一次最后一次询问——要不要跟我走！罗伯特的车终于打了转向，艰难地启动了，看着他的车缓缓向前，看着丈夫车窗上的雨，弗朗西斯卡的心悸和心痛，毫无遗漏地传给了观众。我们看的是一部爱情电影，离开时我们带走的却只有爱之殇。

在这个场景中，门把手的强调很重要，它一次又一次出现，完全合上了女主人公的内心节拍——每次它作为特写出现时，连带着女主人公紧紧抓着它的手，都是女主人公下一秒可能打开车门冲向爱人的时刻。一次又一次，外化了女主人公内心激烈的情感斗争。

这种细节在场景中的运用很普遍，作为伏笔的象征出现，作为揭晓的呼应再出现……它们就像编导埋在路上的记号，等待观众发现。在场景中不断出现的细节，一个物件、一个动作、一个眼神，在重复的过程中，它们是呈现递进关系的。它们散布在剧情的发展中，剧情的发展是递进的，如果它们没有跟随这种递进关系，就不是应该保留的细节。

电影《烽火赤焰万里情》（也译为《赤色分子》）中的女主人公露易丝和丈夫的朋友约翰一直是亲密朋友。与他们情感有关的场景中几次出现了相同的细节——喝酒。

约翰和露易丝第一次一起喝酒，因为女主人公的丈夫不在家，他们的关系进了一步。

他们再见时，已经是他们的关系回到原来的“零”处，露

图12.7 《烽火赤焰万里情》剧照

易丝搬到新房子，约翰去看望她……时间过去了很久，他们都很窘迫。约翰问露易丝有没有威士忌，后者也很紧张，翻箱倒柜地在盒子里找玻璃杯。我们看这个细节时，会联想到他们上次一起喝威士忌，也有类似找玻璃杯的情形……上一次是他们情感的开始，这一次看着给露易丝倒酒时，约翰微微颤抖的手，我们知道他们的情感已经结束了。没有额外的交代，没有心迹的表露，没有言语，但一切都无比清晰。这就是细节在场景中的作用。

（4）场景完善

我们如何知道每一个场景是否OK？在动笔之前精心构想固然重要，但是更有效的却是初稿之后的修改。完成初稿以后，我们对整个剧本有了一个俯视的可能。我们可以像局外人一样，冷静理性甚至带着挑毛病的心态去审视每一个场景的合理性，看它是否还有提升，使之变得更完美的可能性。

或许这也是艺术创作的迷人之处，我们可以修改作品，可以从头再来，一次又一次；而活着却是单行道，不可以重来……于是，我们绝对有必要将后者的严肃体现在我们的剧本中。

重新面对场景的完善和修改，每个人有自己的经验和方法，被总结出来的方法我们列举出来，供大家参考。最好的可能性是，我们从中摸索出最适合自己的方式。

首先是合理性，它不仅对于场景很重要，对于整个影片同样重要，因为它是影片说服力和感染力的基础。一部让我们佩服或者感动的影片，它不会有或者很少有不合理的情节或者人物塑造。一个编剧可以有超出边界的想象力，但不能缺乏自圆其说的能力，二者相辅相成。这一点在场景中有方方面面的表现，事件的冲突、人物的行为等。

我们场景中的冲突够吗？如果不够，如果过于平淡，我们增加什么？

我们最好增加让观众难以预料的东西，但我们没有那么多类似的储备。编吧！非常好，但编得要合理，要让人们出乎意料，但不能难以置信。例如一部影片中的男主人公对女主人公十分友好，甚至过于殷勤了。女主人公对他非常不客气，不停地“虐”他……我们一直等着编导给我们一个交代，为什么男主人公要忍受她，包容她，帮她？爱她？好像也没有……最后，男主人公对女主人公的一切表现都是编导的硬性设计，没有合理性，因此经不起推敲。当然，对这样的电影而言，这已经不是场景问题，而是整个影片的问题。

我们把一个场景写得非常丰满到位时，一定不要忘了它只是一个场景，它要和其他场景有衔接。那么我们在每个场景——除了最后一个场景之外——的结束处，都要考虑给下一个场景台阶。

一个女人想念自己的情人，她在日历上又划掉一天，这意味着他们相见的日子越来越近了。

她的情人正在出海做研究工作。

女人在实验室做实验……

这样的场景衔接叠加之后，为最后的情节做了铺垫，女人死于一次实验室的事故。

有人认为，场景最好从动作开始，如果你非得让你的人物坐着无所事事地进入一个场景，那么最好让他喝点什么，或者干点什么。

也有人认为，我们的人物在很多场景中打电话，打了太多的电话，快成煲电话粥了。喜欢打电话的编导多半是喜欢通过电话进行交代，让电话的一端告诉另一端观众还不知道或者已经知道的事情，这绝不是高明的手法。如果万不得已必须打电话时，也可以利用打电话的时间，要么给人物性格添点儿颜色，要么埋个小伏笔之类的。打电话处理得非常好的例子是美剧《老友记》，这个电视剧里的电话都打得很棒，有趣而且不可或缺。《老友记》第一季中的一集里，瑞秋在客厅接到前闺蜜的电话，因为自己心里有鬼，她不知不觉地一边打电话一边绕着茶几行走，所有人都得抬脚给她让道，不仅画面感强烈，人物的内心外化也恰到好处。

电话不是不可以打，但不要让电话夺取了人物的生动性。如果人物都成了电话的傀儡，那么打电话的场景都是交代情节的无奈之举。

其次是精简。

有人说，进入一个场景越晚越好，而结束一个场景越早越好。

这意味着我们重新审视自己写下的场景时，最好看看它的开头和结尾，是否都有必要。通常的经验是，它们都可以删掉。例如一个回家的男人，他停车，然后关上车库，然后走近家门，然后用钥匙打开家门，然后从冰箱里拿一罐啤酒，然后坐到沙发上拿起报纸，一边喝啤酒一边看报纸……这时他听见楼上有什么东西打碎的响声……通过这个例子，我们可以看到开头删除一部分的必要性。

内景　富丽堂皇的图书馆　夜

西宫最宁静的地方。文高在帝国式座椅上坐立不安，他忧郁地四处环视。

仆人：凌先生一会儿就会来见您。

文高被吓了一跳。文高看着仆人留下一个茶盘离开。长久的寂静。我们听到有节奏的脚步声。一个阴郁的中国男人缓缓进入图书馆。

文高：凌先生。

中国男人：董文高，你是到这儿来卖你的咖啡馆。

他漫步到窗边，欣赏他细心打理的花园。

文高：给它定价很困难，所以……

中国男人：不过，你已经定好了。

文高（顺从地）：800万皮阿斯特。

中国男人：它只值三分之一。

文高：它值1500万。

中国男人慢慢地给他们倒茶，他坐在桌边。

这是剧本的第一稿。下面是修改后的：

内景　中国寺庙　夜

这是西贡最宁静的地方，香烟缭绕，文高和一个沉静的中国男人喝着茶。文高不想开价……但最后不得不……

文高（顺从地）：800万皮阿斯特。

中国男人：它只值三分之一。

文高：它值1500万。

那个中国男人缓缓地倒着茶，靠在垫子上。

没有开场那几行，这个场景更加紧凑，一开始人物已经在冲突之中——这无疑更好。

场景越精简越有力，但我们在第一稿写作中有些习惯，这是很难克服的，只有之后通过修改得到更正。所以，能够删除还不影响整个场景的完整性和合理性的部分，就毫不犹豫地删除。我们删除的部分，会让被留下的部分更好地发挥作用，它们会变得更有用。对那些场景中人物重复做的事情或者动作，如果没有特别的寓意，那么删掉。

昆汀·塔伦蒂诺说过，当你重写、改写一个场景时，把对白的最后两行去掉。

我们不妨这样试试。

克洛威尔：如果你找不到她怎么办？

彼得逊显然从没考虑过这个问题。

彼得逊：该死的，老兄。真是个问题。（疲惫地）感谢你的茶和热心交谈。但是时间不早了，如果你不太麻烦的话，我想在徒步走到西贡之前睡一小觉。

克洛威尔：相信住在这儿会令你称心。

克洛威尔摇响一只银铃。两个仆人出现了，帮助彼得逊走上宽阔的前院阶梯。

这是修改前的。

彼得逊（声音变弱）：我不知道。我去春禄找她，但是晚了一步。也许在我到之前她就被保释到西贡，我不知道……我只能去那儿找她，就是这样。

克洛威尔（同情地）：如果你找不到她怎么办？

彼得逊显然从没有考虑过这个问题。

精简后的场景给演员表演提供了更多的空间和机会，导演会给这个演员一个什么样的镜头，表现他的“没想到”。

我们再看一下下面这个删减场景中间的部分。

内景　格雷厄姆的七幅画

巨大的画着满身血污肠穿肚烂而死的动物的抽象派油画。一行潦草的字迹：路上杀手。

格雷厄姆和玛格达一起摆姿势合影。

玛格达离开。卡米拉走近。

卡米拉：卡米拉·华伦，晚上好。

他们慢慢地握手，她很迷人。

格雷厄姆：买还是看？

卡米拉：看。

她审视他。

卡米拉：所有都出售？

格雷厄姆：准备这样。

卡米拉：确定后找我。

她离开。

修改后：

巨大的画着满身血污肠穿肚烂而死的动物的抽象派油画。一行潦草的字迹：路上杀手。格雷厄姆和玛格达一起摆姿势合影。

玛格达离开。卡米拉走近。

卡米拉：所有都出售？

格雷厄姆：准备这样。

卡米拉：确定后找我。

她离开。

看了这些例子，我们就明白了这句话的含义：少就是多。在电影剧本写作中，这句话非常好用。

每个场景结束时的位置都应该和开始时的位置不同，否则这个场景就没有作用。每个场景开始的时候都有一个方向，如果这个场景结束时，我们没有到达一个新位置，那么情节就没向前推动……《你的剧本逊毙了》中总结的这两点也很有参考价值。

综上所述，电影与小说最大的不同在于它的可视性。也就是说电影的表象层面通过画面观众一目了然。小说作者可以在一段描绘之后再做一些补充性的描述，而这是电影无法做到的。编导不能为一个已经消逝的画面做说明，因此，场景中的冲突或者人物，他们承担的任务除了情节的表象还有潜文本——隐含的意义。这就需要编导注意，讲述一个场景中的发生，要在它的后面或者下面，总之在观众看不见听不着的空间里，藏点儿东西。就像好莱坞的那句老话——如果一个场景是讲述那个场景所讲述的东西，那么你算掉进粪坑里了……

一个好的场景像是有回声的：人物在做的那件事，在观众心里还有一个比这件事情复杂或者深刻的回声。

电影《魅影缝匠》中的几个与毒蘑菇有关的场景，深刻揭示了男女主人公关系中朦胧之下的含义和反问。自我的雷诺兹栽进了忘我的阿尔玛手里，这是占有和一无所有之间的较量吗？雷诺兹过去的情感经历如果不叫爱，那么现在面对阿尔玛，一个通过下毒让他虚弱进而掌控他的女人，这是爱吗？这些场景为我们提供了可以继续问下去的疑问，而这些疑问也正是观众需要思考之处。每个观众个人经历不同，对此也会有不

图12.8 《魅影缝匠》剧照

同见解，这是高级电影的标志之一。

女主人公第一次给雷诺兹吃毒蘑菇的场景，变成影片的转折点——两个人感情的主动权从此从男主人公手上转到了女主人公手上。女主人公小心把握毒蘑菇的剂量，只让男主人公虚弱但不会致死。之后她得到了婚姻。

男主人公再次看到妻子给自己吃毒蘑菇，已经是婚后一段时间之后。他已经经历了更多的对妻子的失望，对底层人各种粗俗的不耐烦……他甚至也看不到婚姻变好的可能。这时，他勇敢地吃下毒蘑菇，并深情亲吻妻子。这个场景之外的含义飘散在空气中，这是男主人公绝望的表现，还是绝望之后无所畏惧的新生？这是男主人公放弃了自己的表现，还是人生疲惫的表现？他接受让自己变得虚弱，才能躺下休息……各种影片表象之下的蕴含，我们还可以列出一些，这就是回声。

最后与之相关的场景——女主人公阿尔玛接受采访，她的话又将观众带入新的拷问中：她真是为了爱吗？他们之间感情真的是爱吗？无论怎样，一部优秀的电影，放映的结束并不是真正的结束，而是对它深入理解的开始。

十三

对白

1. 对白与日常说话

对白不是我们日常说的话。

对白、对话与我们生活中常见的说话、聊天有什么区别吗?

对话，是指两个或两个以上的人之间的谈话，也指双方或多方之间接触或会谈。例如，我们常在新闻中见到类似的句子，巴以对话没有取得实际性的进展……就是指后一种接触或者会谈。

对白，是指剧中人之间的对话。

在电影中所有人物相互之间对话所说出的台词都叫对白，亦称对话……

“对白不是对话。真实生活中的对话总是充满着笨拙的停顿，极不规范的遣词造句，不合理的推论，语焉不详的重复。它很少能够说明一个问题，得出什么结论，但这无伤大雅，因为谈话是我们发展和改变人际关系的手段。”这是麦基在《故事》一书中定义的对白和对话，假如我们把它们区别开来，需要变更的是应用范畴。舞台上影视剧中的对话也是对白，那么对白一定要与日常生活中我们天天说的话区别对待。

2. 对白的特点

对白源于生活。

对白，来源于生活，尤其是电影中的对白，它首先追求的就是真实感。因此，口语化是对白的基本要求之一。

对白，要有我们日常生活中交谈的形式，只是这个形式里装进去的内容有别于我们日常说话，它是有要求的。它首先要干净，换句话说就是简约，而且它还要言之有物。我们在日常生活中的对话夸张点儿说，其中的一半内容是无效无意义的口语垃圾。我们可以随便做个自己与他人聊天的录音，重听时我们会感到惊诧，的确是这样。口语是汪洋大海，但说话简洁漂亮富有幽默感的人寥寥无几。为了确保对白的质量，编剧最好不要相信自己就是那样的人，否则好莱坞就不会有专门写对白或者修改对白的行当。说话也是有天赋的，比如幽默就是天赋的一种。

奶奶跌倒在床边，孙女和其男友进来……

孙女：奶奶，奶奶，你告诉我好不好，你到底伤到哪儿了？

奶奶：我没事，我没事，奶奶老了。

孙女：奶奶你要挺住。

奶奶：去把那个抽屉打开。

……

奶奶：这是你的嫁衣。奶奶给你缝的……

这是一个电视剧的对白的略写。我们看到这几行字的时候也许不会有太多的不适感，但我们听到看到这样的对白就会觉得非常不舒服。因为日常生活中没人这样说话，更没有人在生死存亡的节骨眼上，这样交代后事。糟糕的对白比我们想象的更具破坏力。

好的对白来自日常生活，但高于生活。即使做不到高于生活，至少需要跟生活持平，让观众感觉剧中人是和我们一样的人。这应该是最起码的对白要求。

我想吃钵仔糕。

这是电影《新不了情》中女主人公阿敏临终说的一句话。这句话很多濒死的人说过，但它仍有让人静穆的庄重。这样的台词不会让影片可笑，即使不出彩也做到了朴实，已经难得。

优秀的对白除了源于生活，有着生活常态的朴实，同时它也体现了高于生活的品质。这样的台词甚至可以从电影中独立出来，有自己新的生命。

Earn this，earn it！这是电影《拯救大兵瑞恩》的一句台词，也是米勒上尉临终前的一句话。有人翻译成：好好活着，别辜负了大家。这虽然不是字面意思，但非常准确地体现了含义和意境。大兵瑞恩的生命是用别人的牺牲换来的，所以earn it！珍惜生命！好的台词不仅令人感动，也令人难忘。

你以为我贫穷、相貌平平就没有感情吗？我向你发誓，如果上帝赋予我财富和美貌，我会让你无法离开我，就像我现在无法离开你一样。虽然上帝没有这么

图13.1 《拯救大兵瑞恩》剧照

做，可我们在精神上依然是平等的。

这是电影《简·爱》中女主人公的一段台词，它曾经打动过多少男女的心，曾经给过那些追求精神独立的女性多少鼓励，这也许是《简·爱》这部书被那么多次翻拍为电影的原因之一吧。

巨大财富的背后，都隐藏着罪恶。

永远不要让别人知道你的真实想法。

不要憎恨你的敌人，那会影响你的判断力。

离你的朋友近些，但离你的敌人要更近，这样你才能更了解他。

不要说不可能，也没有什么不可能。

……

图13.2 《爆裂鼓手》剧照

以上台词选自电影《教父》，我们单独看每一句都是金句，但这不是它们的力量所在。这些句子是在剧情之后留下的回声，它们每句话都对应了人物的行为和命运。

电影《爆裂鼓手》中男主安德鲁问他的导师，你不怕逼得太狠，反而练废了一个天才吗？

他的导师说："在我的字典里再没有哪两个字，比'good job'更害人的了。真正的天才是不会放弃的，他们只会化悲愤为力量，熬不过去，那就是蠢材。"

这句台词非常有穿透力。但只有在电影中，在看过这部电影并被打动的观众的回味中，这句台词的全部意味才能展现出来。这样的台词对观众的理解也是有要求的，如果观众像提问的学生那样想，就不会被教授的尖锐触动。这台词不仅仅是聪明话，它是魔鬼导师的信条，为此他失去了自己的job，但他仍然没有放弃自己的信念。而他曾经的学生、曾经想过放弃的安德鲁苦熬之后终于成功，又佐证了这一点。也许，厌恶过自己导师的这个学生，将来也会成为这样的魔鬼般的老师。这就是人类精神中宝贵的东西，在传承中的代价。

3. 对白的功用

对白作为台词最常见的方式，除了它自身应该具备的特质，在影片中它还有另外的任务：那就是促进情节的转化。某个角色的一句话泄露了什么，就可能马上带来剧情的变化。

增强情节的深入递进。男女主人公经过了解，某一方忽然说出了心底的秘密，引发对方意想不到的反应，导致了危机或者引发了人物的弧光……总之，对白时刻不要忘记自己的目的和任务，这样就能避免“信口开河”的宣泄。

电影《唐人街》中有一句对白——她是我妹妹，也是我女儿！这句对白带出一个爆炸信息。作者一直保留着这个伏笔，让它成为一个转折点。

电影《星球大战2：帝国反击战》中的对白起到了相同的作用——我是你父亲！这句对白将影片带入高潮的同时，也为下一部影片埋下了伏笔。

电影《公民凯恩》中主人公最后的独白，也起到将电影结尾定调的作用——玫瑰花蕾。

故事、冲突以及其他，对影视写作的一体化而言，如果不互相联系起来，只讨论影片写作的一个方面，这是不可能的。由此可见，对白的功用表现在方方面面，塑造人物性格更是少不了对白。见什么人说什么话，什么人说什么话，都可以用来概括对白和人物的关系。

如果有来生，我要当条被子，不是躺在床上就是在晒太阳！

在哪里跌倒，就在哪里趴着。

小新：老师，我要上厕所。

图13.3 《唐人街》剧照

图13.4 《公民凯恩》剧照

老师：不行，现在是上课时间，刚才下课怎么不去？

小新：下课时间那么宝贵，用来上厕所多可惜呀！

老师：小新，请用“左右为难”来造句。

小新：我考试时左右为难。

老师：是题目不会答，让你左右为难？

小新：不，是左右同学答案不一样，让我左右为难。

老师：小新，你的毛病就是用词不当，现在考考你用一句成语来形容老师很开心。

小新：含笑九泉。

小新：有酱油卖吗？

鱼铺老板：没有。

小新：有芥末卖吗？

鱼铺老板：没有。

小新：什么都没有还敢开店。

鱼铺老板：我这里是卖鱼的！

……

假如我们从未看过《蜡笔小新》，看过这些对白后，也会很想认识了解一下这样说话的人，即使他是一个卡通人物也无所谓。这就是说话的魅力，它和美貌几乎一样重要。

4. 对白须知

不要让人物说已经说过的话。

必须确定对白不是废话。

什么角色说什么话，不同的角色说话特点节奏不同，这就是对白的节奏。

对白是写出来的，但却是为读出来而写，这是非常重要的出发点。“作者在和他的一些朋友们一块儿围绕着电影进行难得的讨论”，类似这样的话作为书面语也是有问题的，让演员将它说出来就是灾难。

写出来的对白按照前面提到的原则之一要求，首先要做到精练。这不仅仅是文字表达问题，还涉及了演员的表演。在电影中演员说上一分钟的话，对电影节奏来说就是一段漫长的时间了。有人认为，剪辑师通过切入别的画面，或者听者的脸来调剂就会解决这个问题，其实正好相反。演员在画面外讲话，声音脱离了肉体，更增加了观众对他们台词理解的困难。因为观众对台词的理解和读取演员的唇语密切相关。他们看不见演员的脸时，他们的聆听也停止了。

5. 闲聊的对白

说起闲聊，绕不开昆汀·塔伦蒂诺。他是将闲聊处理得最好、利用得最好的导演。闲聊在他的语境里应该打上引号，闲聊发挥的作用远远超出好好说话。

在结构上，塔伦蒂诺的闲聊推进了情节的发展，就像一个人以时速30公里驾车，一下子加速到每小时180公里。

《低俗小说》里两个闲聊的小偷，聊啊聊啊，聊得观众起烦了，忽然跳上桌子，拿着手枪开始抢劫了。

《落水狗》开篇的早餐时的东拉西扯，扯来扯去，从麦当娜的歌到给不给小费，结账走后到音乐，恰到好处地带过了演职员表，然后，编导一秒钟喘息的时间都没给观众留，直接切入轿车内，肚子中枪的橘色先生的挣扎……电影节奏推进之快，是没有闲聊的电影无法比拟的。这时，我们再看闲聊，闲吗？闲聊，在塔伦蒂诺那里几乎是与闲聊无关的一个表现自己风格的标志。

图13.5 《低俗小说》剧照

只有当闲聊超越了它自身，并与影片的重要转折建立关联，闲聊在剧本中的地位才是稳定的。这可以作为闲聊能否被删除的原则。

电影《十二怒汉》中的一个场景，也表现了闲聊的功用。审判已经结束了，一个陪审员对另一个说，我一直不知道你的名字，于是，他们两个互相做了一般性的介绍，然后互道再见，各走各的路了。这两个根本不认识的陌生人，他们都不知道彼此的名字，但共同决定了那个男孩的命运。那么是什么让他们取得了共识？对正义的认知！表面看似闲话，看似可说可不说的闲聊，观众知晓后，增加了电影的意蕴。

6. 旁白

（1）概念

在我们说这个话题前，先把几个概念厘清。

画外音、旁白、解说、内心独白、O.S、V.O……

我们从后往前说。

V.O，是指声音来自现场之外，意思是这个声音是后配上去的，不是拍摄现场的声音。

O.S，表示在现场，但说话人不在画面上，我们能听到他的声音，但看不到，但他的确在拍摄的现场。

以上两个概念多见于外国的影视剧分镜头剧本中。

安妮：（O.S，她不在画面中）我昨天在超市看见杰夫了，他和一个老头儿在一起。

在安妮说话的时候，我们看不见她，我们知道她在客厅的一角，画面上能看见的只有听她说话的丈夫，但我们听见了她的声音。

内心独白，顾名思义是某个角色说出的心里话，谁听到了就是对谁说的。一般能听见的只有观众，这是心理外化的一个手段。

解说，属于V.O，对电影的解释，介绍观众从画面上看不到的事情。在纪录片中非常常见，《动物世界》中，不会说话的动物们的生活，都是被这样的解说“解”出来的。电影中常见的是介绍影片的背景、人物的来源等。总之，它说的也是画面上没有的。

美剧《黄石》的前传《1883》的开篇话外音：

交战时的麻木已经过去，痛苦席卷而来，走路时痛，呼吸也疼，我的后脑随着马的步伐晃动，我烧得视线模糊，这样看着这个世界，不知为何，反而更清晰……

这是女主人公艾尔莎的内心独白，同时也是全剧贯穿的解说。起类似作用的解说或者内心旁白，在传统话剧中经常运用，被称为旁白。

画外音，我们可以理解为以上几个说法的概括。画外音包括以上几个说法。厘清这些概念之后，我们通过例子，看看旁白和内心独白的区别。

电影《冷山》的开篇也是女主人公的画外音，她的内心独白连接着影片不同的时空。战争中的男主人公和回忆中由女主人公旁白叙述出的男主人公，这二者的结合，让影片的衔接变得更加天衣无缝。

电影《巴里·林登》的旁白，不是角色的内心独白，而是增加了一个影片之外的讲述者。影片开篇，旁白就介绍了巴里·林登这个主人公的家庭。他的父亲死于决斗，他的母亲守

图13.6 《巴里·林登》剧照

寡未嫁，他的初恋……通过旁白，导演从情节交代的束缚中解放了手脚，演员全身心表演，开头便通过旁白确立了画面凝重的风格。无论演员还是镜头的变化都舒缓自如，但不乏内在的张力。这些都有旁白的功劳，旁白运用好是非常好的助力。

旁白或者内心独白，实际是讲述者的人称之分。以“我”为讲述者，通常都是内心独白，即独白者是影片中的一个角色。其他的往往是第三人称，和小说中的全知全能视角是一样的。无论哪一种人称，旁白要起的作用都是为情节推进或者把握影片节奏做出贡献。

（2）旁白注意事项

旁白很忌讳直白。把影片中可能包含的含义直白地向观众宣泄，这意味着对观众的智力和感知力的伤害。我们不能拿观众当傻瓜，向他们解释生活的本质，这样的直接后果就是把自己变成了傻瓜。

旁白，经常被用来介绍银幕外的事情。例如，经历——对人物有影响但影片故事中不想表现出来的；性格——内心独白说出的对自己的认知等；也可以把伏笔复述出来，作为剧情转折的铺垫；直接将剧情带入闪回，不容铺垫直接进入场景，这样用法的闪回没有拖慢影片节奏的风险；旁白在表现梦境中效果突出；验证旁白是否必须，首先要看它的独立性，如果删掉旁白故事仍然成立，那么旁白只有一个效果，那就是陪衬——反差、调侃、抒情等。

我们对照前面说的几点，看下面的例子。

电影《野草莓》开篇就是男主人公的旁白（内心独白），我们先看一下剧本，电影也许会有些出入。

活到了76岁这样的年纪，我觉得再对自己撒谎就嫌太老了。但是我当然也不太有把握。我满足于自己的老实，这可能是一种经过伪装的不诚实，尽管我自己也不十分清楚，我想要隐藏的是什么。但是，如果出于某种理由我不得不对自己作出评价的话，我确信我将会这样做而不顾羞耻，不顾我的名声。而如果需要我对某个旁

图13.7 《野草莓》剧照

人发表意见的话，那我将会小心谨慎得多。对别人下判断是非常危险的。一个人大都有错误，喜欢夸夸其谈，甚至谎话连篇。我与其干这种蠢事，不如保持沉默。

这个开篇向我们传达了好几个重要信息，而且它们都是编导在画面内不太好表达的。如果把这段话的内容通过画面表达出来，要么会拖慢节奏，要么增加对白或者增加场景，所有这些通过主人公的简短独白都解决了。

——这是一个关于自我反思的故事。

——反思的第一要义是诚实，不做自我欺骗。

——因为我太老了，都豁出去了，为了诚实。

——我对自己可以这样，对别人我不会这么做（性格）。

结果，我出于自愿几乎完全退出了社会，因为跟别人交往，主要内容就是议论和品评邻居的行为。因此，在我的暮年，我发现我相当孤独。这不是惋惜，而是说明事实。我要求于生活的一切就是只身独处和有机会埋头于我仍旧感兴趣的少数事情，不管这些事情可能是多么平凡。例如，我因能在我的专业（我曾教过细菌学）上稳步取得进展而感到高兴，打一场高尔夫球可以使我得到休息，我不时读一些回忆录或一个出色的侦探故事。

——说出前面的决心产生的结果，不与他人交往。

——承认自己的孤独，但不惋惜。

——在自己的事情中有乐趣。

——表明了目前自己的生活状态（外在的、内在的）。

我过去的生活是忙于工作，我为此而感到欣慰。它开始是为得到每日的面包而进行的斗争，后来发展成为对一门心爱的科学的锲而不舍的追求。我有一个儿子，他住在隆德，是一个医生，已结婚多年。他没有孩子。我的母亲仍旧健在，虽然年迈（96岁），但仍生气勃勃。她住在赫斯克瓦尔纳附近。我们很少见面。我的九个兄弟姊妹都去世了，但他们留下了许多子孙。我很少同我的亲戚们来往。我妻子凯琳已去世多年。我们的婚姻是非常不幸的。我很幸运有一位出色的管家。

——过去的忙碌曾经让他欣慰，这里是一个伏笔，因为整个影片就是他对过去的重新认识。

——交代了他的家人，以及家人的状态（外在的）。

——提到了管家，似乎是他目前唯一的安慰。

这是我要说的关于我自己的一切。也许我应当补充说，我是一个老学究，我对我自己和我周围的人们有时是非常苛求的。我讨厌情感的爆发、女人的眼泪和孩子的哭喊。总之，我发现高声喧哗和突然的惊人事变都是最令人受不了的。

——再次强调“我”到目前为止的个人喜好——和气平静至关重要，其他感情方式都是接受不了的。这里也是一个情感伏笔，为之后的发生提供反差的可能性。也就是说，无人能够撼动的岁月静好，被梦搅乱了。

稍后我将要回叙我写这个故事的原因，下面我将尽可能如实地记述我在某一天内所经历的各种事件、梦幻和思绪。

——直接引入到梦境，引入激发事件。

电影《云上的日子》中的旁白同样是贯穿全剧，不可或缺。旁白的主人有时是内心独白——他变成某个故事的主人公；有时变成第三人称的叙述者、观察者；有时又是一个代表导演的独立角色，直接抒发他对创作的思考；有时他是故事的导游，直接把故事带到场景的高潮。

（此处的视频资料可以是开篇导演到处漫步的旁白）

至于旁白在梦境中的作用，我们可以接着看看《野草莓》剧本的旁白。

图13.8 《云上的日子》剧照

6月1日星期六的清晨，我做了一个奇怪的、非常令人不快的梦。我梦见我像平时一样正在大街上做清晨的散步。时间非常早，街上杳无人迹。这使我有点惊讶。我也注意到人行道旁没有停着车辆。城市显得异常的冷清，就好像盛夏季节一个假日的早晨。

阳光灿烂，映照出轮廓分明的黑影，但却不能给人以温暖。我虽然走在向阳的一边，但仍感到寒冷。

街上宁静得出奇。我照例沿着一条宽敞、整齐的林荫路漫步，通常即使是在日出以前，麻雀和乌鸦的絮聒声也特别吵人。此外，从城市中心总是传来永无休止的喧嚣声。但是今天早晨却什么也听不到，寂静是绝对的，我的脚步声几乎是不安地在周围建筑物的墙壁间回响。我感到奇怪，不知发生了什么事。

正在这时候，我走过一个钟表眼镜店，它的招牌向来是一只指示着标准时间的大钟。钟下边的一张画上一双戴着一副大眼镜的眼睛凝视着人们。每当我早晨散步，看到街头景色中这一有点古怪的细节时，我总是禁不住会心地微笑。

使我惊奇的是，大钟的指针不见了。钟面是空白的。在钟下边有人把两只眼睛打烂了，它们看来像两个湿漉漉的溃烂的伤口。

我本能地掏出我的怀表想对对时间，但是我发现我的报时准确的老金表的指针也不见了。我把它放在耳边，想听听它还走不走。于是我听到了我的心在怦怦地跳。它跳得非常快，而且很不规则。一阵莫名的惊恐攫住了我。

——我们看这段旁白想象一下画面，也许会有这样的感觉：他所说的一切我们都能看到，这有必要吗？

——当我们配合视频听这段旁白时，会发现这样的担心没有必要。这个平静的旁白和画面有了新的组合，它们构成了新的氛围，好像这个苍老平静的旁白是一种配乐，我们随着它看每一幅画面，欣赏每一幅画面的精美。

——我们关掉声音仅仅去看画面，感觉到的氛围完全变化了，仅仅是冰冷的梦境。于是，旁白的重要性凸显出来了：它是氛围的组成部分，它代表的是画面外的生活气息；这种气息由旁白带入画面，烘托出的氛围，让我们的感觉重心保持在老者的困惑上，而非死亡的冰冷。

电影《汉娜姐妹》《夫妻们》是伍迪·艾伦在运用旁白方面的代表作。我们把这些旁白拿掉，他的故事仍然可懂可感，但是没有这些旁白的电影就减损了伍迪·艾伦的风格。他的旁白起到的作用类似塔伦蒂诺的闲聊，它们所表现的多元、反讽、见解和风格，无法通过别的手段获得。

十四

剧本修改

1. 剧本完成以后的任务

(1)修改

我们常常会听人说“电影剧本就是越写越难”，这绝对不是比喻或者是反讽，的确是实际情况。剧本就是写得越多，每一个阶段的难度也会相应地加大，很多拥有丰富的剧本创作经验的人，写剧本时常常感觉像创作处女作品时一样难。反而是刚有了五六部作品上映，势头正旺的时候，反而初生牛犊不怕虎，不需要太费劲就能轻松写出作品。

不管任何工作都不能忽略技术的钻研，特别是在剧本创作中。如果能感觉到只有创作技巧方面特别突出，就说明还没有真正成熟。达到浑然天成的境界可能需要一生的时间，也有可能一生都难以达到，总之，电影剧本创作之路道阻且长。[1]

这段发自肺腑的话语，源自著名编剧野田高梧。作为小津安二郎的御用编剧，他们一起以不变应万变的方式树立了自己的风格。野田高梧的剧本表面看似乎千篇一律，但观看影片到最后，总是能够被打动，这其中的奥秘是值得深入研究的。这里野田高梧所说的电影剧本越写越难，其实也是对其他艺术创作门类的总结。

电影剧本的创作内容经常关联着情感、冲突等，这些都是容易焕发创作者情绪的因素。一气呵成充满激情地完成剧本的初稿也许并不是坏事，因为贯穿的气韵也是成功的保障之一。但是，任何情绪的产物都有自身的局限，热情高涨的同时，很可能萎缩的就是理性的思考。而电影剧本只是一度创作，进入二度创作才被发现的局限或缺点，很有可能使整个剧本的基础瘫痪掉。如果糟糕的二度创作同样靠激情，那么呈现的影片也很有可能因为某个不合理的情节、某个站不住脚的性格缺陷等，破坏整个影片的效果。

理性发挥最好的时机就是情绪平复之后，在剧本完成后，编剧就有可能变成一个严格的审视者，重新进入剧本的修正。这道工序几乎和剧本的初稿完成一样重要。有经验的编剧

1　野田高梧：《剧本结构论》，王忆冰译，江西人民出版社，2019，第93页。

图14.1　安东尼奥尼在看素材

认为，在对质量的耐心追求中，必须创造出比能使用的多得多的素材。由此可见，在修改中第一要义是耐心，有了耐心才能找到更多可以挑选的素材。不要认为这些可供挑选的素材毫无意义，当我们有挑选的余地时，更好的可能性才会出现。所以，能够保留在剧本中的素材，是建立在其他素材牺牲的基础上的。这是佳作的代价。

导演安东尼奥尼自己创作剧本，他曾经说过，剧本的难点在于舍弃。那些我们曾经爱不释手的令人激动的素材，被作者扔掉是很难的，更难的是要扔掉的部分还涉及结构的变化。总之，修改是一件麻烦的工作，仅有耐心也是不够的，它甚至需要信念。只有这样的坚持，创作者才能把自己创造力的极限推向更远的远方，达到没有极限。

（2）修改与独创的兼顾

电影《波西米亚狂想曲》的编剧经验，也许可以给我们带来一些启发。这部电影的高潮部分，歌声、歌词、角色情绪的注入和人群产生了高度的融合和感染力。对于《波西米亚狂想曲》的编剧来说，这是一个崭新的编剧经验，可以从后往前写。

故事已经发生过，编剧需要从歌手的人生里摘取场景和细节，让歌声回荡起来。编剧被片尾的三首歌打动，深深地打动，变成他走进歌手过去的入门证。“……我已经付出代价/一次又一次……”当这种发自肺腑的歌词真正回荡在编剧的内心时，音乐的旋律便无法遗忘，这是非常好的写作氛围。这种“环境”似乎可以包裹住一个作者，让他深度地沉浸，最终或许可以与主人公化为一体。对于创作取材真实故事的剧本，这是可以借鉴的方式。以这种方式创作剧本，热情、感情、情绪等感性层面的因素，最后决定剧本的面貌。这等于给之后的剧本修改提出了很高的要求，如何理性地分析这些情感产物的合理性逻辑性，等等。其实，在自己剧本中发现问题并不是很容易的事情，通过下面的例子，我们可以看看旁观者看待剧本的方式。

图14.2 《群鸟》拍摄现场

很多初学者对他们喜欢的电影作品，都会下意识地吸收，认为这些都是可以提升自己技艺的营养。如果我们对作品缺乏整体上的认识、理解和消化，很容易滑入学习皮毛的泥淖。有人会注意到一部影片扎眼的亮点，进而在自己的作品中模仿。这样的模仿就像油一样，总是浮在你自己作品的水面上，时刻告诉剧本的读者，这是你学来的，不是你自己的。有修养的读者甚至会向你指出，你从哪里学来的。这种现象会误导人们，不注重剧本的基础构建，更愿意锦上添花。而基础构建才是织锦，没有锦，花瞬间枯萎。我们通过麦基在《故事》中列出的一个剧本的分析报告，看看真实的情况。

> 描写精彩，对白可以演出。有一些轻松诙谐的场景，有一些感觉敏锐的场景。总而言之，这是一个文笔通畅、用词恰当的剧本，不过故事却伤不起。前 30 页一直拖着一个解释性大肚子吃力地爬行。余下的部分也一直未能站起来。主情节难以自圆其说，充斥着方便的巧合和脆弱的动机，没有明确的主人公。互不关联的紧张化场面本可以编制成缜密的次情节，但作者却没有做到。人物塑造流于表面化，没有揭示出人物性格。对人物的内心世界及其所处社会环境毫无洞察力。是对一系列可以预见的讲述手法低劣的陈词滥调的片段所进行毫无生命力的拼凑，最终沦为一团无头绪的雾水。不予通过。

真正的独创性不会被人们一眼识破，它可能是某种神秘的一种馈赠，总是不是那么容易被察觉。因此，如果我们追求一眼便可见的表面华丽，从各种地方采集它们，挪到自己作品中也只能是徒劳。

2. 剧本动笔前的任务

(1)享受故事的乐趣

在剧本的准备阶段，似乎没人在乎这时的经验或者方法。其实这时的方式和方法也很重要，直接关涉效率，方法对了，事半功倍。

准备剧本的顺序一般说来是：素材笔记，大纲，剧本。

麦基曾经说过一句话，构思故事时，你却操心结构！结构是什么？结构更趋近大纲，难道大纲离故事很远吗？不是应该先有大纲再有故事？

这是一个很有趣的点：故事和大纲。

我个人观点赞同先有故事。这个故事不是故事的大纲、故事的走向、故事的发展等，只是一个关于这个故事的感觉。这

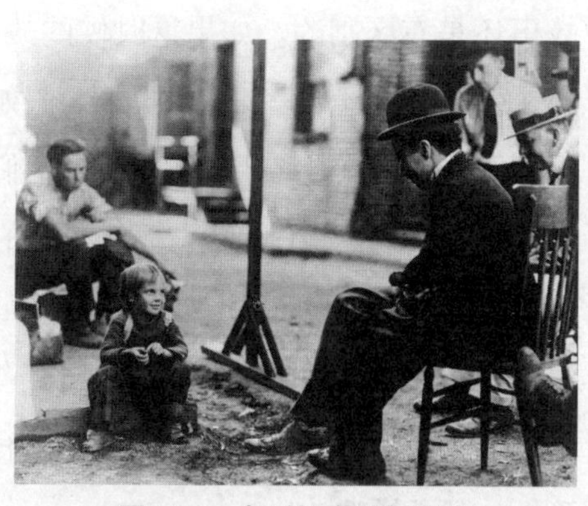

图14.3 卓别林在拍摄现场

种关于故事的感觉，有点像故事的前身，是我们想到了一个非常好的故事的主意，它吸引我们，激发我们的想象力去把这个故事想象得更丰富。因为我们没有完全限制故事的走向和内容，这对想象力来说简直就是一种放飞。我们完全不用担心走得太远，可以充分享受这种想象带来的与故事的亲近。我们就像坐在小船上，小船漂浮在故事的碎片上，故事素材的丰富好像可以写出好几个故事。当我们开始考虑故事的大纲时，这种与故事耳鬓厮磨所建立的感性认识，不仅会让我们左右逢源，进入到剧本阶段，还在潜意识层面为我们储存了丰富的感觉。这也是人们说的享受故事的乐趣。

（2）整理素材和大纲

我们进入素材的整理阶段，对于故事其实已经有了轮廓上的认识。这时候有经验的编剧会向你建议，向人讲述你的故事，看看对方是否感兴趣。这时候的故事和形成大纲之后的故事还是有区别的。如果这时候的故事已经引不起听者的兴趣，就要考虑是否一切从头再来。假如不同的听众反馈的都是很想看这样的电影，想了解更多，我们就进入大纲阶段。

整理大纲也是仁者见仁智者见智的事，综合起来有以下几点可供参考。

在大量素材的基础上，做出详细的故事大纲，从繁到简。这种方法的好处是对各种可能性有一个统揽，便于审核合理性，便于挑选。

与之相对的方法就是做出概括性的大纲，根据概括的主要情节点，按照人物的行动逻辑和性格特点，写出剩余部分。好处是人物有充分的自由和主动性，那么人物生动的可能性就很大。而任何好的故事都少不了生动的人物。

关于这种方法，《你的剧本逊毙了》这本书里给出了一些具体建议。

——给幕、场景做标记，还可以一路检测剧本的情感强弱变化；清楚地判断这几个场景是否需要往前移，后移，或合并场景。

——把揭示和反转处都标示出来，看看多久没有反转出现了。

——不同人物用不同的颜色给它表示出来，看看多久出来一次。一个重要的人物不该在整整20页里都不见踪影。

（3）酝酿

日本导演内田贤治说："在创作过程中，思路搁浅或茫然不知所措时，我就会回到我喜欢的电影中去。"[1]

"甚至可以睡觉，做梦等待黎明时刻的到来，那是从梦中醒来时富有魔力的一刻，科学家称之为创造的时刻。在这个时刻，把注意力全部都集中在自己要进行创作的场景之上，我们可以讲述，但是也可以倾听观察。我们可以数周甚至数月把剧

1 威廉·M.埃克斯：《你的剧本逊毙了》，周舟译，北京联合出版公司，2018，第66页。

本置于脑后，听凭一件无形的工作暗中进行。直到有一天，它会突然间重新出现。”[1]

“写作前首先进行扮演，产生意想不到的灵感。”[2]

——只要对故事和人物角色充满爱，即使对编剧工作不擅长也没有关系……

——人物在头脑中活动，我需要做的只是把它们记录下来而已。

“需要投入巨大的心力和精力。如果不是确实想说点什么，很难熬过这漫长过程中深入骨髓的艰难困苦。”[3]

——想写剧本的人，最好要把有趣的事情和感兴趣的事情记录下来，可以从一天记一条开始，大概持续半年时间。再重新审视最初的笔记，

图14.4　塔尔科夫斯基在《潜行者》拍摄现场

1　让-克洛德·卡里叶耳、帕斯卡尔·博尼茨：《剧作练习》，梅峰、刘捷译，中国电影出版社，2001，第33页。

2　同上书，第47页。

3　威廉·M. 埃克斯：《你的剧本逊毙了》，周舟译，北京联合出版公司，2018，第5页。

这样便能够明白，原来我当时是这样想的，我曾对这种事情感兴趣啊。从180条笔记中去发现自己是如何感兴趣的。

——它是一个清晰的已经确定的简单易懂的类型吗？它是你在写的，是自己喜欢的类型吗？是你擅长的类型吗？选择类型时，最好不要因为它现在很火，或者因为它能让你挣钱。挑选让你感觉从容自在、如鱼得水的类型……

以上我们列出如此多关于剧本动笔写作前的种种建议，希望它们中的某一种适合你的情况。

（4）练习

动笔前，可以做的事情：

让自己创造一个情境，一个故事的开端，或者随处可见的故事不断讲给别人……

拍摄照片，画些速写，收集录音或音乐记录素材……

拿一个剧本和一部影片，在剪辑台上对它们进行比较……

带上一个剧本到拍摄现场去，靠近摄影机，把纸上写着的东西和眼前发生的一切做一个对比……

对一部影片的开端、第一个场景，甚至第一个画面进行推敲……

推敲一个故事的总体结构，以一部知名的作品作为依据……

写一个著名场景的对话，主题和情境都是限定的……

用间接的对白来完成这个场景的写作。对于扰动他们的

图14.5　导演梅尔维尔在办公室

那些问题，在对白里则完全不要有丝毫的设计，相反，他们说的应该是另外的事情……

最开始画画的时候，画一条线总是画得琐琐碎碎、模模糊糊……画歪就画歪了。先坚定地画下来，画完，下次才能有进步。“确定”是非常重要的……写作也一样。先写完，搁几天，用新的视角看一遍才能发现问题。

总之，所有这些他人的建议，我们在借鉴时，可以跟着自己的感觉走。不是所有好的建议对我们都有用，这就是艺术创作的独特之处。

3. 电影剧本

电影剧本，即是我们常说的文学剧本，以区别导演参与其中的分镜头剧本。关于电影剧本，没人能比野田高梧说得更加中肯和透彻。

电影的品质不仅取决于导演的技术和演员的演技，其根本取决于剧本是否优秀。

“脆弱的苗长不出丰硕的果实，枯燥的剧本也拍不出精彩的电影。如果剧本的问题不能在编写的阶段得到解决，就会给电影的拍摄留下后患，这是一定的。不管工作人员的制作能力有多强，工作人员在制作方面付出多少努力，都无法解决剧本的问题。当然，导演也要对剧本进行修正，但好像有人混淆了这种修正剧本的努力和拍摄电影的努力，因此误以为电影制作可以解决剧本的问题。无须多言，这是一种错觉。总之，基本上可以说剧本决定了电影的命运。我觉得执导一部电影所需的第一项重要的技能就是会选择剧本。”

这是黑泽明写的文章中的一段，正因为黑泽明既是导演又是编剧，所以这段话更值得深思。电影剧本确实是如他所说的这样。但是现实情况是，不只是一般民众，连一些专业的电影评论人也会动辄就混淆剧情和剧本。电影的剧情好，他们马上会认定电影有个好剧本。只要剧情好而且电影制作水平高，电影就会被冠上“佳作”的标签，这种情况非常常见。

但是剧情好并不能代表剧本好，而且电影制作水平与剧本水平也是不一致的。但是实际上人们常常容易出现一种错觉，认为故事精彩，加上制作的水平高，那么剧本也必然十分出色。[1]

1　野田高梧：《剧本结构论》，王忆冰译，江西人民出版社，2019，第86页。

> 剧情是内容，剧本是表达方法。内容和表达方法适时适地完美配合的时候，才会产生优秀的剧本……
>
> 写剧本就是一门技术。总之，剧情要优秀，表达方法也要优秀，并且这两者要紧密结合，这样才能够诞生好剧本，两者绝对不可失衡。[1]

这些话已经把电影剧本的重要性阐述到家了，电影剧本是产生佳作的秧苗和温床。野田高梧的这番话除了个人经验，还十分中肯。作为编剧，个人品格对作品影响很大，这首先表现在创作态度上。

剧情不是剧本。好的剧情也不能产生出同样好的电影。

剧情是内容，剧本是表达方法。如果我们的表达方法上有问题，就会直接影响内容。这就像绘画运用颜料，混合颜料时的一个偏差就会改变最后的颜色。

很多编剧存在的问题表现在野田高梧说的最后一句话上：好的剧情和好的表达方法，要恰到好处地结合，不能失衡！那些偏重剧情，偏重故事冲突的编剧，轻视方法；反过来那些重视方法的人，认为形式本身就是内容的一部分，改变形式也是创作内容的一部分……总之，偏颇的代价最后都是剧本承担的。

1　野田高梧：《剧本结构论》，王忆冰译，江西人民出版社，2019，第87页。

图14.6　黑泽明在《影子武士》拍摄现场

那么，是什么激发了电影导演的构思？答案就是电影剧本。换言之，剧本就是把电影的科学性和艺术性结合的第一阶段，可以说它让导演创造出一个和现实人生不同，但是比现实人生更加纯粹和真实的人生。创作电影剧本一定要谨慎，原因正出于此。电影剧本建立在虚构的基础上，却不能有一丝谎言，原因也正出于此。

这段朴实的话语中有几个涉及真实的层面，我们强调一下。

电影剧本是为导演服务的。这是很多编剧认识不到的事实。他们中甚至有人认为导演是为编剧服务的。

电影剧本是电影创作的第一阶段，我们也称为一度。这一度的创作能够决定电影很差，但它决定不了电影的优秀。换句话说，这一度出色地完成之后，低劣的二度创作也能毁掉一个优秀的剧本。

电影剧本的基础是虚构，即使故事有原型，它仍然是虚构的，所以，它不能有一丝谎言——它必须滴水不漏地严谨。

4. 分镜头剧本

最后我们简略说一下文学剧本，分镜头剧本以及剧本的格式。

文学剧本就是我们通常说的电影剧本，也是我们前面连篇累牍讨论的重点所在。

分镜头剧本也被称为导演工作台本，也就是导演根据自己对剧本的消化，将文字表达的场景变成画面。这是电影由一度进入二度创作的关键所在。因为本书探讨的是编剧而不是导演，就不展开说分镜头剧本。但在这二者之间的过渡期，剧本还有一种形态——未定型期。剧本完成初稿后，接受消化导演和其他方面的意见重新改写的过程。这可能是一次完成的改变，也可能改变数次。这个修改阶段有时会延续到片场开机后。对编剧来说，这不是一个幸福的阶段，有经验的编剧首先锤炼自己的性情，不固执己见。因为电影是一个团队的合作成果，任何固执产生的不良后果，都有可能由集体买单。但这不意味着不坚持正确的意见，弄清楚自己的意见真的正确，这比坚持它更困难。

图14.7　工作中的安东尼奥尼

作为编剧，如果对电影制作多些了解，也许写出的剧本对导演的二度创作就更有用。也有很多不仅有经验而且很专业的编剧，他们写出的剧本本身就与分镜头剧本很类似。编剧研究熟悉分镜头，对剧本创作不无好处。下面是《剧作练习》中给出的一些方法。

不同的分镜头方式如何导致不同的场景的产生？

对已有影片中的场景分镜进行推敲，将自己所做的分镜与导演做的进行比较。

时刻进行剧情简介的“写作”，对自己意图做一种随笔式的记录，并进行简洁的处理。

对所有写完的场景测算它持续的时间。

从剧本的视点，分析音乐片，没有对白的剧本。影片中的歌曲如何有机地与场景结合在一起。

分析每日新闻片的剧本，不同频道同一新闻，领会“对消息进行不可避免地篡改”。

请有其他国家文化背景的人，讲述我们的一部电影。关注其改变之处，让我们注意到他们忽视了哪些要点，以及不可能想到的那些发挥故事的可能性。

一部剧本创作完成，作为创作者也许已经精疲力尽。这样的时候，一定不要匆忙进入修改阶段。当我们的体力状态不佳时，脑力不会更好。另外，较为充分的休息，也可以帮助我们与刚完成的作品拉开距离。距离会帮助我们更好地面对自己的作品。[1]

1 让-克洛德·卡里叶耳、帕斯卡尔·博尼茨：《剧作练习》，梅峰、刘捷译，中国电影出版社，2001，第65页。

十五

电影类型

1. 总述

我们简单从几个大的方面总结一下电影的类型以及特点。

常看电影的人一般都有自己的观影喜好，有人喜欢爱情片，有人喜欢动作、悬疑等。其实，很多电影是综合了几方面的内容。例如，电影《双重赔偿》既是悬疑片更是爱情片。因此，影片类型的区分也只能是笼统而模糊的。但是影片的类型划分，对观众的观影心理会产生一定的影响，渐渐会变成普通观众的观影经验。也就是说，他们会用类型片的特点，去期待每部电影的走向和结局。这也是好莱坞电影票房成功所在，它为观众建立了类型片的观影模式。

我们在编剧层面上讨论电影的类型，意味着类型对剧本的结构是有限制或者影响的。如何面对这个限制或影响，取决于编剧的个人倾向。富有想象力和创新精神的编导宁可不要这些类型片总结出的经验，不要借鉴，宁可独闯一条新路。尽管如此，这类最后完成的剧本很可能也被归类。这样的电影，它们虽然在创作过程中，在结构剧本的过程中，突破了类型电影的限制，但最后完成之后，它们呈现出的风格中仍然可以归纳出所谓的共性。最后仍会被归纳为某一类电影，比如，只要是爱情片，肯定会具备某些特点。在这个语境下，我们不妨对类型片做个大致了解，不用将它的特点、经验或限制太当回事儿。

2. 共同特征与个性

只要是类型片，它们就具有常规意义上的类似。

爱情片中，无论男女怎样相遇，观众都按照类型片的模式期待主人公感情的发展，剧中人一定要经历感情磨难，最后，要么悲剧地分手分离，要么有情人终成眷属……

西部片，它们都有类似的背景——西部；类似的主人公——硬汉。

犯罪类型的影片要有犯罪，要有侦探，要有罪犯……最后通常是罪犯就擒。

而喜剧就必须有皆大欢喜的结局，它要构建出一种氛围，在那里无论发生什么，都不会有严重的后果，都是笑料而已。当然，如果我们看卓别林的喜剧，有时也会闪出泪光，因此他的喜剧有些可以叫悲喜剧。卓别林因此不仅是一个喜剧大师，也是一个真正的电影大师。

类型片的常规亦如其他艺术样式一样，类型意味着创作限制。限制，迫使作家艺术家提升自己的想象力水平，超越限制。很多优秀的作家不但不否定常规，相反他们会通过熟知、精通类型，然后力图以独一无二的方式找到既可以满足常规，又能表现个性的方法。他们不仅能满足观众对类型片的常规期待，还能带来超出他们想象的惊喜。

导演希区柯克已经被归入侦探片大师，但他对电影的研究和创新，让他有了更为强烈的个人风格。我们说侦探片大师希区柯克，不如说希区柯克的侦探片。他的作品《群鸟》《夺魂索》《爱德华大夫》等，虽然都符合类型片的常规，但他还是找到了自己的突破口，将影片提升到类型片之上的高度——

图15.1 《夺魂索》拍摄现场

变成艺术片。就像他曾经说过的那样，在艺术和大众之间并无必然矛盾，那么在艺术和艺术电影之间也并无必然联系，一语中的。很多编导遵守类型片的常规，都有取悦观众保证票房的企图。但希区柯克的那些创新的尝试并没有损害票房，赶跑了观众。最终，电影的艺术生命力仍然是内在的有机生成。

由此可见，真正的艺术家善于发现创新的可能性，即使在共性中也能保持自己的个性。有人说，剧作家并不是短跑，而是长跑。的确是这样。其实每个艺术家都要面对创作中的共性和个性问题，最好的解决之道就是坚持自己，发展自己，找到自己最擅长的方面。这个最擅长的方面，有时候甚至表现在你的短板上。希区柯克就是一个胆子很小的人，一个注意抹除自己痕迹的人，但他选择的创作范畴是面对凶手。导演英格玛·伯格曼也是将自己的创作重心放在童年的创伤遗留上，这也是他的影片成为类型片之上，可以贴自己标签的原因之一：他的深知产生了深刻。而编导的执着便是对电影的热爱，这是一切佳作的起源。

3. 电影类型

（1）爱情片

我们在情节设置中已经很清楚，影片发展的动力是前进力和阻力之间的较量；它们构成的冲突，将人物带入危机、高潮和结局。

在爱情类型片中，这个阻力可能是什么？

电影《爱情故事》中，这个阻力是疾病和死亡。电影《遇见你之前》中，除了死亡还加上了一个对生活价值的认知。影片中大男主人公对生命价值的认识，如果与女主人公相同的话，他可能选择继续活着。电影《金色池塘》中的阻力是时间，时间造成的衰老，对相依相守的爱人的威胁。电影《廊桥遗梦》的阻力是对家庭的责任，是伦理观念。电影《毕业生》中的阻力是女主人公父母的反对。电影《两个人的车站》中的阻力是处境，因处境的变故而相恋的两个人，又陷入

图15.2 《毕业生》剧照

妨碍他们感情的处境中。电影《乱世佳人》中爱情的阻力有很多方面，其中之一是女主人公的性格局限……

（2）西部片

西部片的最显著的特点就是历史背景和西部拓荒的精神，这一直是这类影片的母题。这类影片常以独来独往的英雄为主角，代表西部世界的道德和正义。西部片的正反面人物都有些脸谱化，英雄都是神枪手，很多是牛仔；反面角色往往都是冷血的、不择手段的坏人，为了达到自己的金钱或土地的目的，为非作歹。随着时间的推移，这些角色也变得更加复杂和丰满，电影《枪手》里的英雄已经因为光环有了自己的麻烦。电影《正午》中的英雄已经想退休，遇敌时因为没有帮手，被迫而无奈地面对，但这没有影响人物的英勇。

令人印象深刻的西部片，不得不提的是莱昂内的《黄金三镖客》。这部近3小时的巨作，完全体现了西部片的一贯风格，慢节奏的详尽叙事，但对三个主要人物的塑造前所未有地到位：善人、恶人和丑陋之人的性格，都刻画得入木三分。人物的性格也决定了情节的走向。除此之外，整个影片的叙事极富史诗感，影调也有绘画性。莱昂内的另一部西部片《西部往事》，在艺术方面走得更远，甚至被人称为西部片的“离骚”！《西部往事》无论从剧情还是导演的视觉创作，无疑都是西部片的巅峰。对这部影片的诠释或者评论，与直接观赏感受相比，都略显苍白。

图15.3 《西部往事》剧照

(3)黑帮片(犯罪片、强盗片)

《教父》《疤面煞星》《英雄本色》《极恶非道》《好家伙》《美国毒枭》《七宗罪》《沉默的羔羊》《肖申克的救赎》《洛城机密》《超脑48小时》《红圈》《佐罗》《侠盗王子罗宾汉》……

从列出的这些影片看，将影片归入类型其实很难。很多犯罪片都涉及黑帮，而强盗片溯源至今，也与黑帮片有诸多联系。我们可以把这几类归入一类，不难看出它们的异同。

强盗片和黑帮片，甚至很多西部片中的主人公，都有类似的出身背景、性格特点和行为模式。出身低微，性格豪放，无所顾忌，想得到一切，不惜失去一切……他们的处世准则是胜

图15.4 《红圈》剧照

者为王，败者为寇。无论正反面人物，都有英勇狭义和狡猾的品质，同时遵守江湖的规则。豪宅、豪车、女人等物质富裕的外在标识非常明显。

相比之下，犯罪片的人物变得复杂，无论出身、社会地位，动机或出发点，性格特点、行为准则等都呈现出五花八门的差异。犯罪片与强盗片黑帮片的共同点表现在——敌对性！这种敌对是你死我活的决斗，也是这类影片吸引人之处，它们展示的都是我们日常生活中几乎见不到的现实。

犯罪片与恐怖片也有交叉之处。很多罪犯都是令人恐怖的杀手。我们熟知的《沉默的羔羊》中的汉尼拔，甚至变成了恶魔的别名。《此房是我造》中的杰克属于同样的角色。近些年犯罪片向恐怖片靠拢的趋势下，《电锯惊魂》《汉尼拔》等很多以犯罪为题材的影视剧，都拍出了吓人的恐怖。我们下面介绍的黑色电影的内容，又与以上类型电影有相似点。

（4）黑色电影

黑色电影的演员所塑造的形象非常酷，他们往往成了黑色电影的标签。亨弗莱·鲍嘉、罗伯特·米彻姆、奥逊·威尔斯等，都因主演过黑色电影变得著名或者更加著名。也许我们可以换个切入点进入黑色电影，从演员开始了解黑色电影。下面提到的这位演员在我们这里似乎不那么著名，但他或许是黑色电影中表演最有特点的一位。

爱德华·罗宾逊，这位生于1893年、逝于1973年的好莱坞鼎盛时期的伟大演员，被誉为电影史上最出名的黑帮老大。他

图15.5　演员爱德华·罗宾逊（右）

主演过的百余部影片中很多都可以被定义为黑色电影。他是一个喜欢咆哮偶尔也哭泣的黑帮老大，抽粗大的雪茄，经常心软……他所刻画的黑帮形象极富感染力，以至于现实生活中的黑帮老大也去模仿他。他主演的影片《第一流的结局》《一个求爱的女人》《小巨人》《两秒钟》《最后的强盗》《微不足道的谋杀案》等，都围绕着黑帮这一主题，但不同于前面所说的黑帮题材。他所扮演的人物都具有某种黑色的讽刺意味，无论人物的命运还是面对命运的抗争，最后留给观众的感觉更多是反思和分辨。将爱德华·罗宾逊主演过的影片归入黑色电影更为妥帖。他饰演过的角色都具备黑色电影主人公的特点——苟延残喘的边缘人物，不同于西部片或强盗片里的英雄人物。

黑色电影的人物都有某种背叛气质，说反叛也不为过。但他们未必为正义而战，虽然有时也不乏正义。他们的行为有道德底线，这也是与观众共鸣的基础。他们有人情味，但最后的结局常常是丧失人际关系，重新落入孤独。他们的行为动机和结局经常是大相径庭，为爱而杀人，最后得到的不是爱，是尸体……这就是电影《双重赔偿》留给我们的结论。

黑色电影中经常出现的侦探形象，我们很容易从西部片中的个人英雄身上找到影子，可以说是西部片的一个崭新的发展。所不同的是，往日的英雄的那种为生存为正义而战的无畏，在黑色电影中染上了个人的悲观情绪和颓废感，最后难免陷入令人绝望的孤独中。

普遍的一种共识认为，美国影坛“二战”后出现的黑白电影，除了我们前面提到的人物和故事的特点外，视觉上有很多下雨、烟雾、阴影等灯光灰暗的影调。早期较为典型的代表影片有《马耳他之鹰》《爱人谋杀》《双重赔偿》《历劫佳人》《绿窗艳影》等。

作家哈米特和钱德勒，这两位作家与黑色电影的渊源很深。他们的作品几乎全部被改编为电影，而这些电影都可以划入黑色电影的类别中。其中《马耳他之鹰》的编剧就是作家哈米特。

（5）恐怖片

库布里克的《闪灵》

温子仁的《电锯惊魂》

阿里桑德罗·阿曼巴的《小岛惊魂》

蒂姆·波顿的《断头谷》

三池崇史的《切肤之爱》

中田秀夫的《午夜凶铃》

杰克·克莱顿的《无辜的人》

哈内克的《趣味游戏》

威廉·弗莱德金的《驱魔人》

乔丹·皮尔的《逃出绝命镇》

……

我们还可以列出更多可以被称为恐怖片的影片，但是恐怖

图15.6 《断头谷》剧照

片的恐怖，每个人对此的感知是不一样的。在这个语境下，能让我们产生恐怖的事情，首先是超出我们理解力的那些事情。我们对无法认知甚至无法理解的事情产生恐怖感是自然而然的。因此，恐怖片的题材经常与灵异、梦幻、心理，以及宗教的延伸等有关。有兴趣并且有胆量看这些影片后，每个人对恐怖片都可以做出相对个人的解释。

（6）心理片

这是与恐怖片在内容上有交叉的一个类型。

20世纪20年代，德国早期表现主义电影《卡里加里博士的小屋》，被认为是心理剧（也称精神分析剧）的源起。片中的主人公卡里加里博士是一位精神病大夫，但他也是一个杀人凶手。很多心理影片也出现在恐怖片片单上的原因也在于此，心理障碍导致的无法预料的非理性行为，对正常人来说就是恐怖的行为。

此外，表现主义的艺术特点就在于解构表象，突出其本质。通过心理障碍去揭露人性中的恶或者善，都会产生更加直接的冲击力。随着时间的推移，心理影片也有了自己的发展轨迹。从最早的卡里加里博士的模式——精神病医生自己是凶手，到后来医生变成侦探，调查案件的同时，也能帮助病人揭开精神障碍的病因谜团，缓解病人的病情，或者将病人从迷惘中解救出来。电影《爱德华大夫》是这个阶段的代表作。

之后心理电影经历的更近一步的融合，警察或者侦探也开始有了心理学修养，弗洛伊德的精神分析开始成为破案的帮助。从《七宗罪》《消失的爱人》等影片，我们可以看到这个变化。

社会对人对异化，在心理电影的后期留下了深深的印记。生活节奏的加快，各种思潮对人们的冲击，信息碎片化的覆盖，加剧了人们精神上的压力和痛苦。生活中逐渐增多的看似正常但并不正常的人，开始走进心理影片，变成主角。《忧郁症》《搏击俱乐部》《穆赫兰道》《双峰》《禁闭岛》《灯塔》等影片，一点一点粉碎了观众对心理疾病的认知。我们觉得精神病患者都在医院里的设想被粉碎，忽然觉得身边的行人中，自己并不能确定哪个人正常，一如我们不能确定哪个人不正

图15.7 《灯塔》剧照

常。有一天，我们面对压力几乎崩溃时，也许会觉得正在丧失对自己的把控……电影《与敌共眠》《危情十日》《孽扣》这样的电影出现后，精神病患者已经化身为丈夫、医生、亲人、朋友、粉丝，等等，仿佛一夜间遍布了角角落落。心理电影走到今天，我们已经把它作为单独的电影来观赏，恐惧惊悚的同时，也在更新我们关于心理、关于人、关于社会的认知。心理电影的社会意义也越发凸显。

除了上面我们提到的心理影片，还有很多风格独特的心理电影供大家参考：《蝴蝶梦》《战栗空间》《唐人街》《沉默的羔羊》《分裂》《致命ID》《小岛惊魂》《第六感》《心理游戏》《12只猴子》《假面》《发条橙》《鱿鱼游戏》等。

（7）情节片

Drama，就是指我们这里讨论的情节片。那些不太好归入类型的影片，我们都可以统称为情节片，也是我们过去常说的故事片，以此区别纪录片等。

电影《永不妥协》《克莱默夫妇》《当幸福来敲门》《绿皮书》《告别有情天》《我曾经伺候过英国国王》《菊次郎的夏天》……这些电影，我们在此统称为情节片。

至于情节片有什么特点，从哪个角度去总结，是首要问题。除了我们上面提到的影片，我们还可以列举出一些影片类型。比如电影“007”系列就是一个类型，所谓惊险电影，这类中还有《碟中谍》《虎胆龙威》《警察故事》《第一滴血》等。这些影片被载入电影史，并不是作为某一类电影的代表作，而是因为这些电影的导演在视觉表达或者故事阐述方面有卓越的贡献。这些影片首先都是编导制作精良的作品，因此才被观众记住并传播开来。无论什么类型的电影，其实它们只有一种划分——那就是好与不好。对编剧而言，了解影片类型的目的，其实是超越类型。电影和其他艺术门类一样，一直处在变化中；现在的类型划分正在被否定甚至已经被取代，取而代之的是超越类型之上的新型影片。这类影片我们当然可以简单甚至稍显粗暴地将其划入反类型，但如果我们深入研究剧本和影片，就会发现优秀作品有一种在哪里都不太合群的特质。很多

图15.8 《至暗时刻》剧照

优秀作品都是超越类型的，它们不由分说地打破我们的观影经验中的类型划分，这也许正是这类作品的目的。

从观众角度看，电影的变化也是必然的趋势。观众从来都不是安分守己的，虽然大部分观众表面看上去是这样的。观众和编导一样感知和经历着价值观念道德观念审美取向的变化，因此，电影作为一门某种程度上需要票房维系生命的艺术门类，绝对不可以忽略观众席上的这股涌动的暗流。拿观众当傻瓜或者盲目讨好观众都不是可以赚到好处的态度，而能够做到引导观众、提升观众，对很多创作者来说绝对是对自我的挑战，也是对自我修养的挑战。

4. 反类型

从尊老爱幼到面对一个摔倒的老人，我们需要绞尽脑汁地考虑扶与不扶，最后还是溜之大吉，避免后患。

婚外恋，作为一个人人诛之的道德现象，变成今天大家对此的麻木，变成这种现象的常见，甚至很多年轻人觉得这是一条可以减少奋斗成本的捷径。

……

鲍德里亚说，我们生活在“物”的时代，消费已经变得和我们的呼吸一样，每时每刻伴随着我们。购买这个行为会给我们带来存在感，几乎可以说我买故我在。但我们购买的并不都是我们必需的，甚至很多购买与需要毫不沾边儿。购买变成身份的标志，社会地位的标志，财富的标志，所以一个女人拥有20个名牌包，这已经变成大家都能读懂的一种符号。过去我们看重的物品的质量，是以使用价值和寿命决定的；如今消费社会是反对使用寿命强调更换的速度。物质生活中的淘汰加快，逐渐也影响到精神世界的节奏，我们不再阅读厚厚的书，转而去读简短的介绍。碎片化的信息就像一种感染，迅速地击碎我们生活中曾经的存在。通过微信我们知道得更多，但简短的介绍真的是原作精华的浓缩吗？没人关心这样的问题，新的习惯已经建立，旧有的一切都在被冲刷。对社会变化的阅读，每个创作者的反应是不同的，有的利用这样的机会，走到恶搞取悦的地步；有的认真反思，用作品提出问题将社会的局部放大呈现，《蛮荒故事》《驾驶我的车》《酒精计划》《白虎》《无依之地》《寄生虫》《困在时间里的父亲》《爱》……

图15.9 《无依之地》剧照

创作者对社会变化的警觉变成他们对电影传统的撼动，这不意味着淹没传统的价值，而是更好地擦亮那些价值上的灰尘。价值的更新、经验的更新，说白了都是艺术敏感的触角对现实重新触碰。

这是我们理解反类型最好的出发点。

反类型的影片怎样改写了同类型作品的母题，英雄如何变得优柔，强盗如何得以生存，警察怎样脚踩两只船，战争片如何没有战场仍然展现残酷……只要我们对传统的影片类型有所了解，在观影过程中就会敏感地察觉到创作者的创新和创新的企图。在崭新电影层出不穷的当下，大家多看片子，少看理论，沉淀之后再总结自己的理论也不迟。

附录1 《布鲁克斯先生》结构图

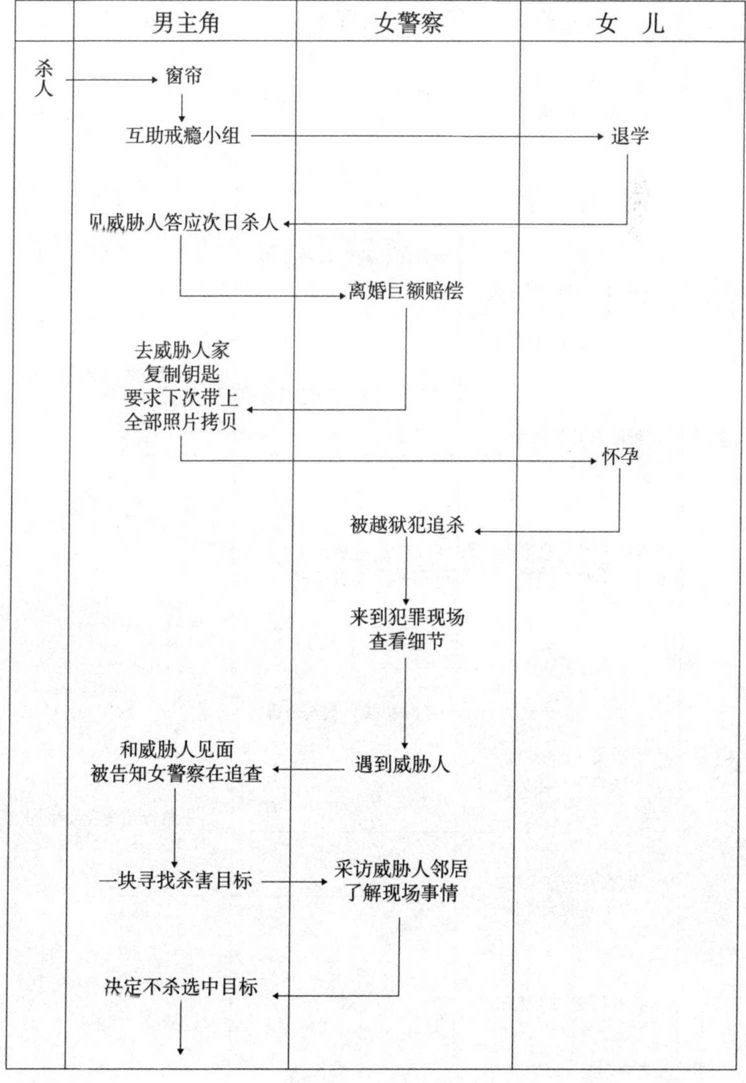

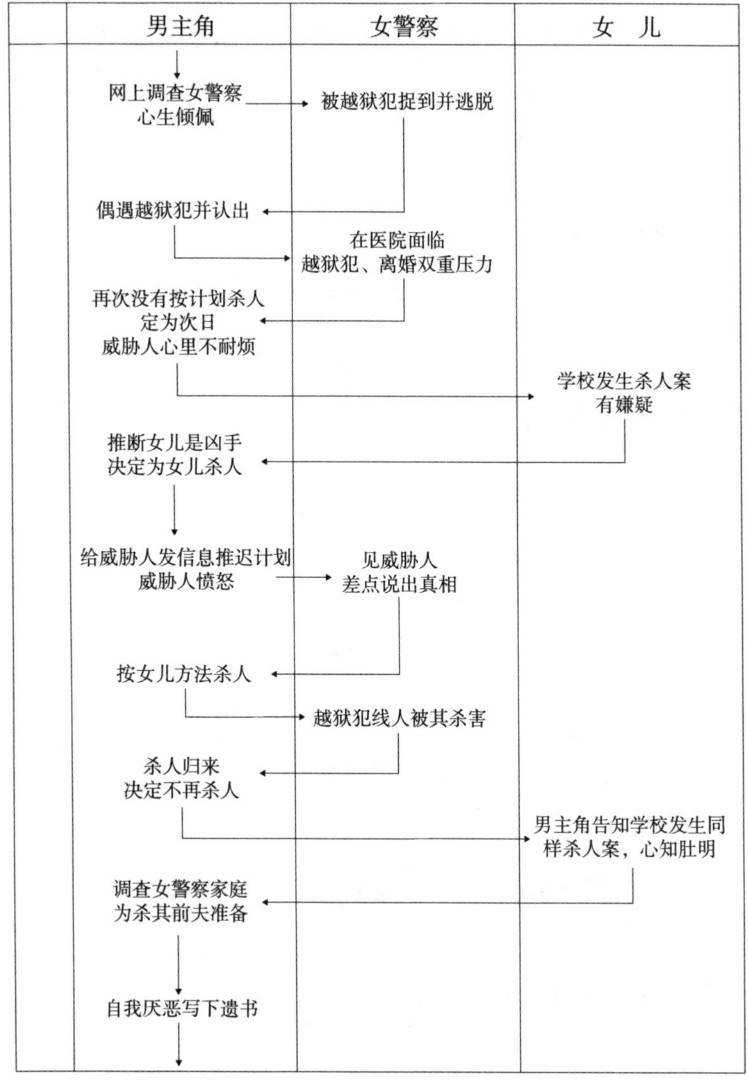
男主角
女警察
女　儿
网上调查女警察
心生倾佩
被越狱犯捉到并逃脱
偶遇越狱犯并认出
在医院面临
越狱犯、离婚双重压力
再次没有按计划杀人
定为次日
威胁人心里不耐烦
学校发生杀人案
有嫌疑
推断女儿是凶手
决定为女儿杀人
给威胁人发信息推迟计划
威胁人愤怒
见威胁人
差点说出真相
按女儿方法杀人
越狱犯线人被其杀害
杀人归来
决定不再杀人
男主角告知学校发生同
样杀人案，心知肚明
调查女警察家庭
为杀其前夫准备
自我厌恶写下遗书

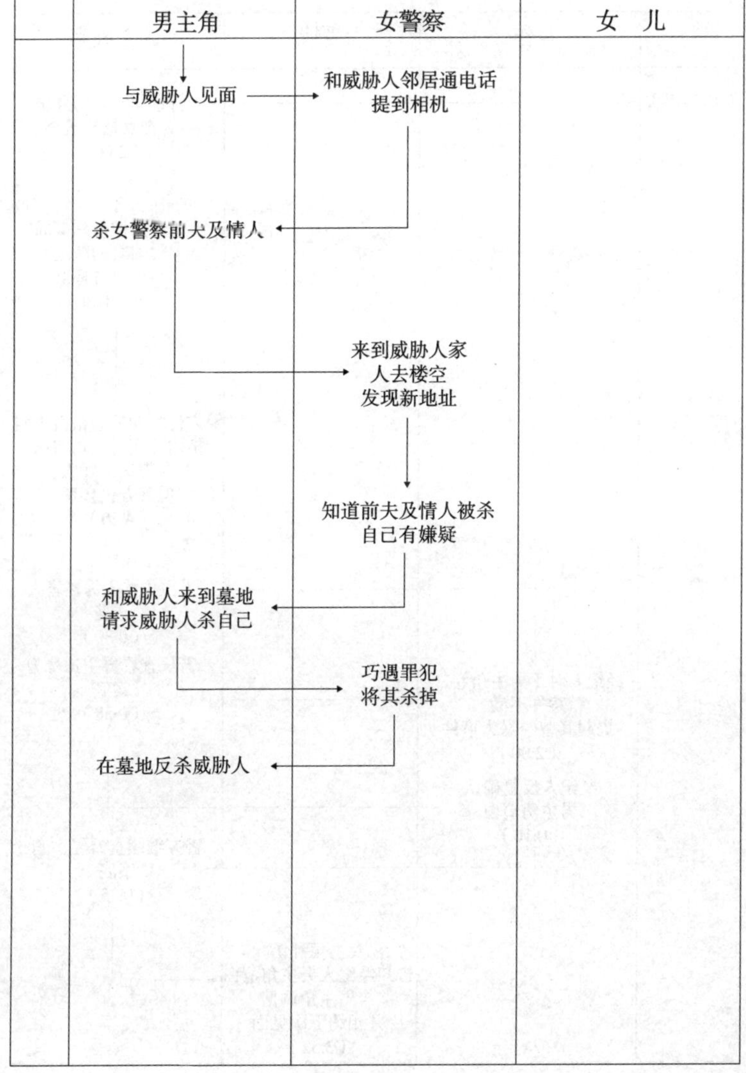
男主角
女警察
女 儿
与威胁人见面
和威胁人邻居通电话
提到相机
杀女警察前夫及情人
来到威胁人家
人去楼空
发现新地址
知道前夫及情人被杀
自己有嫌疑
和威胁人来到墓地
请求威胁人杀自己
巧遇罪犯
将其杀掉
在墓地反杀威胁人

附录2 《兰闺艳血》结构图

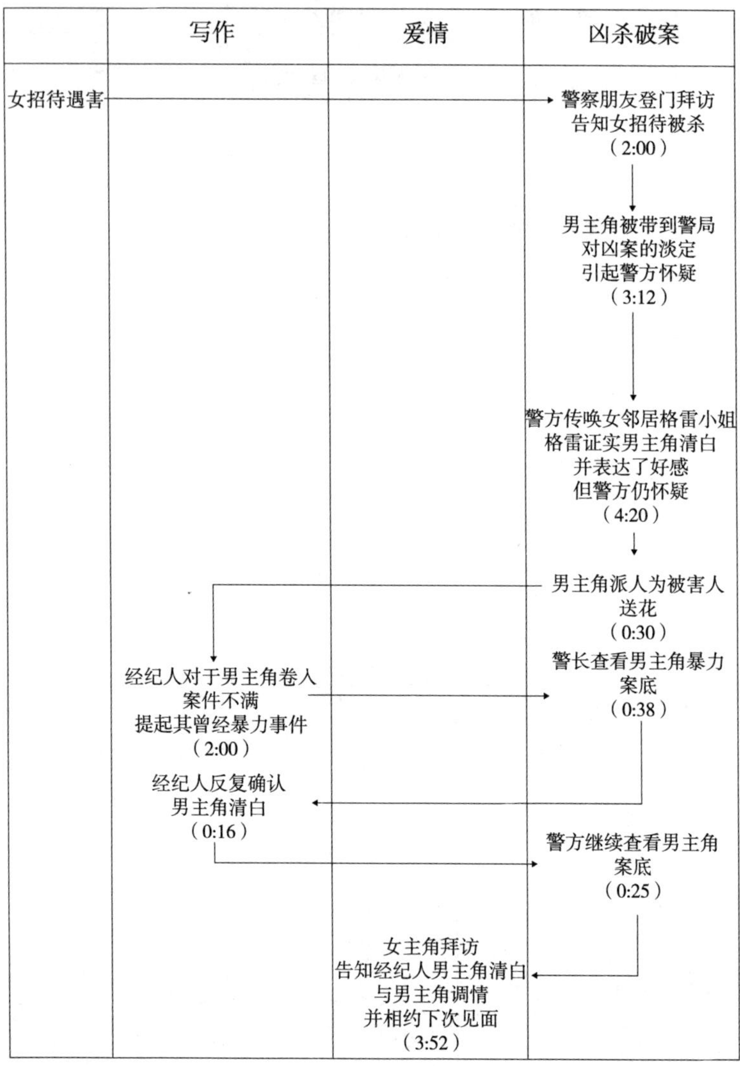
写作
爱情
凶杀破案
女招待遇害
警察朋友登门拜访
告知女招待被杀
（2:00）
男主角被带到警局
对凶案的淡定
引起警方怀疑
（3:12）
警方传唤女邻居格雷小姐
格雷证实男主角清白
并表达了好感
但警方仍怀疑
（4:20）
男主角派人为被害人
送花
（0:30）
警长查看男主角暴力
案底
（0:38）
经纪人对于男主角卷入
案件不满
提起其曾经暴力事件
（2:00）
经纪人反复确认
男主角清白
（0:16）
警方继续查看男主角
案底
（0:25）
女主角拜访
告知经纪人男主角清白
与男主角调情
并相约下次见面
（3:52）

附录 2 《兰闺艳血》结构图

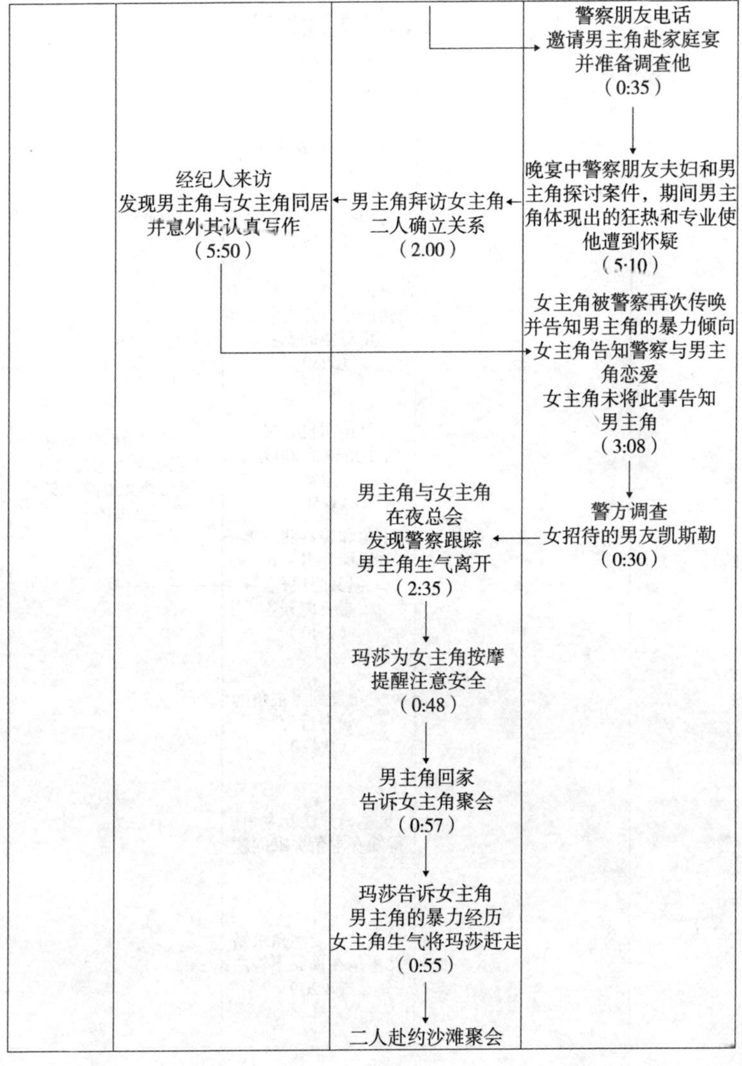

警察朋友电话
邀请男主角赴家庭宴
并准备调查他
（0:35）
晚宴中警察朋友夫妇和男主角探讨案件，期间男主角体现出的狂热和专业使他遭到怀疑
（5:10）
男主角拜访女主角
二人确立关系
（2.00）
经纪人来访
发现男主角与女主角同居
并意外其认真写作
（5:50）
女主角被警察再次传唤
并告知男主角的暴力倾向
女主角告知警察与男主角恋爱
女主角未将此事告知男主角
（3:08）
警方调查
女招待的男友凯斯勒
（0:30）
男主角与女主角
在夜总会
发现警察跟踪
男主角生气离开
（2:35）
玛莎为女主角按摩
提醒注意安全
（0:48）
男主角回家
告诉女主角聚会
（0:57）
玛莎告诉女主角
男主角的暴力经历
女主角生气将玛莎赶走
（0:55）
二人赴约沙滩聚会

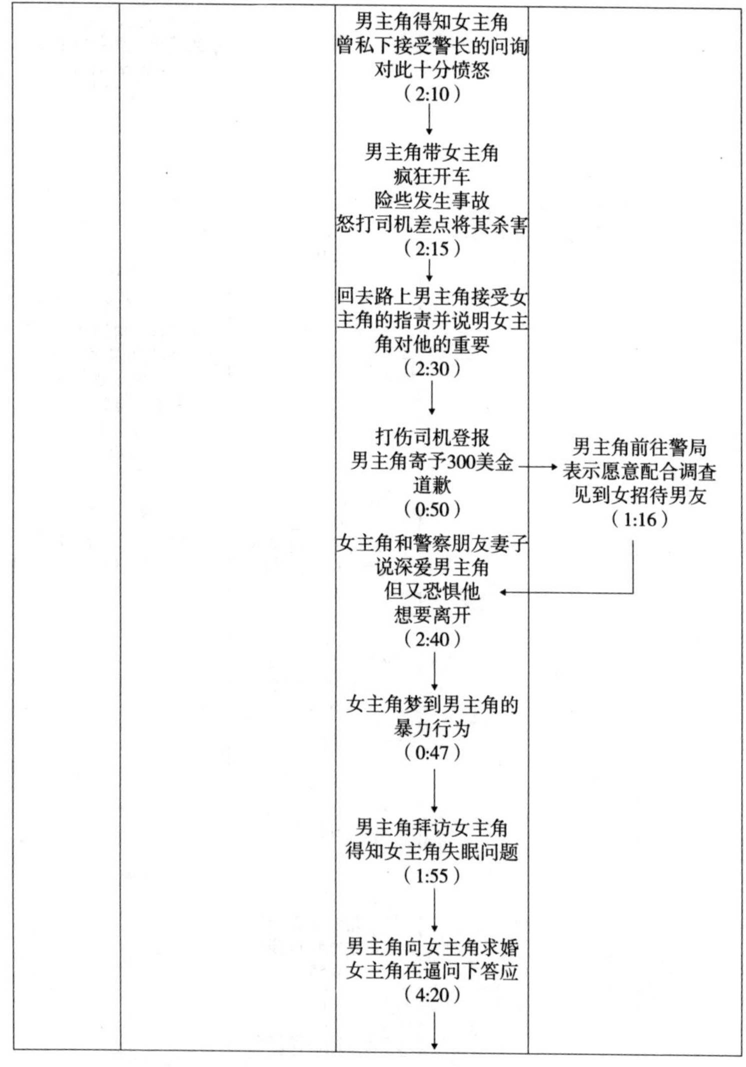
男主角得知女主角
曾私下接受警长的问询
对此十分愤怒
（2:10）
男主角带女主角
疯狂开车
险些发生事故
怒打司机差点将其杀害
（2:15）
回去路上男主角接受女主角的指责并说明女主角对他的重要
（2:30）
打伤司机登报
男主角寄予300美金
道歉
（0:50）
男主角前往警局
表示愿意配合调查
见到女招待男友
（1:16）
女主角和警察朋友妻子
说深爱男主角
但又恐惧他
想要离开
（2:40）
女主角梦到男主角的
暴力行为
（0:47）
男主角拜访女主角
得知女主角失眠问题
（1:55）
男主角向女主角求婚
女主角在逼问下答应
（4:20）

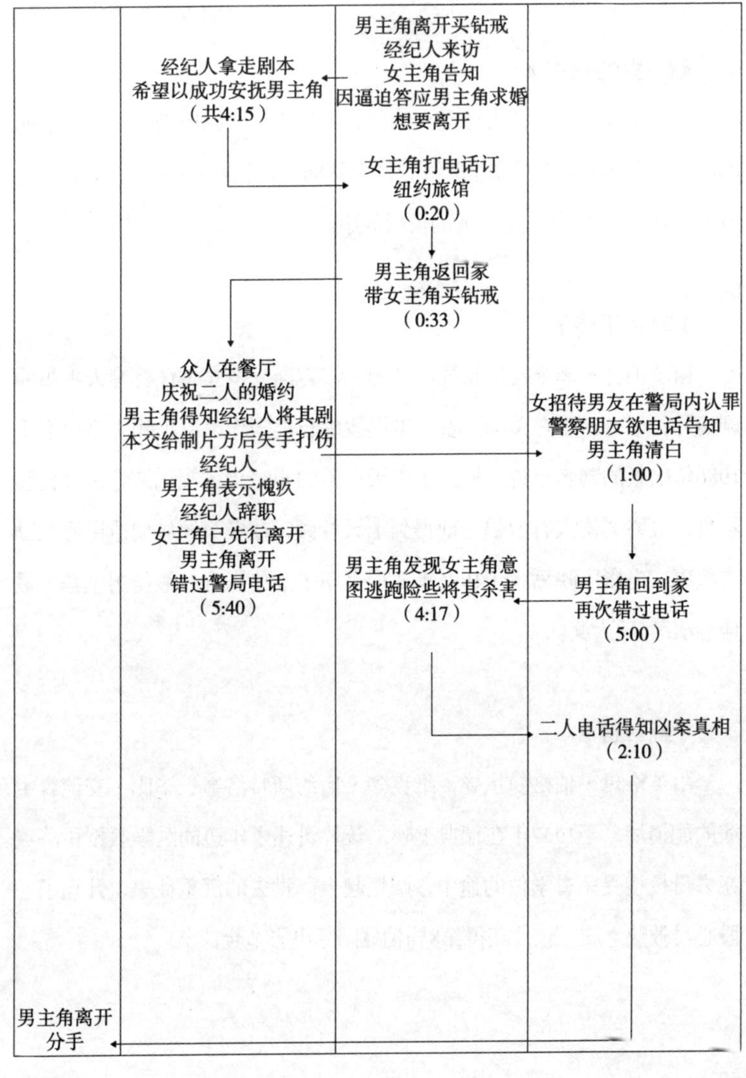
男主角离开买钻戒
经纪人来访
女主角告知
因逼迫答应男主角求婚
想要离开
经纪人拿走剧本
希望以成功安抚男主角
（共4:15）
女主角打电话订
纽约旅馆
（0:20）
男主角返回家
带女主角买钻戒
（0:33）
众人在餐厅
庆祝二人的婚约
男主角得知经纪人将其剧
本交给制片方后失手打伤
经纪人
男主角表示愧疚
经纪人辞职
女主角已先行离开
男主角离开
错过警局电话
（5:40）
女招待男友在警局内认罪
警察朋友欲电话告知
男主角清白
（1:00）
男主角回到家
再次错过电话
（5:00）
男主角发现女主角意
图逃跑险些将其杀害
（4:17）
二人电话得知凶案真相
（2:10）
男主角离开
分手

附录3　参考影片

《60岁的情书》

由深川荣洋执导，古泽良太编剧，中村雅俊、原田美枝子等主演的剧情片，于2009年在日本上映。该片以从86441封信中选取出来的温馨趣事为基础，讲述了6位老年人的情感故事。

《阿甘正传》

由罗伯特·泽米吉斯执导，汤姆·汉克斯、罗宾·怀特等人主演的剧情片，于1994年在美国上映。电影改编自美国作家温斯顿·格鲁姆于1986年出版的同名小说，描绘了先天智障的小镇男孩福瑞斯特·甘自强不息，最终“傻人有傻福”地得到上天眷顾，在多个领域创造奇迹的励志故事。电影上映后，于1995年获得奥斯卡最佳影片、最佳男主角、最佳导演等6项大奖。

《野草莓》

由英格玛·伯格曼执导，维克多·斯约斯特洛姆、毕比·安德森主演的剧情片，于1957年在瑞典上映。该片讲述了年迈的医学教授伊萨克在去母校接受荣誉学位的途中，回忆起自己过去的沉重往事，开启了一段心灵救赎之旅。该片获得第8届柏林国际电影节金熊奖。

《巴里·林登》

由斯坦利·库布里克执导，瑞安·奥尼尔、马里莎·贝伦森主演的剧情片，于1975年在英国上映。该片根据萨克雷的同名小说改编，讲述了爱尔兰青年巴里为从军旅底层走进上流社会，想方设法与贵族寡妇林登夫人结婚，开始了一场人生赌局的故事。该片获得第48届奥斯卡最佳摄影、最佳艺术指导等4项大奖；并于2022年获得《视与听》影史最伟大100部影片第45名。

《神秘失踪》

由乔治·斯鲁依泽执导，伯纳德-皮亚里·唐纳狄欧、约翰娜·特尔·斯蒂格共同主演的惊悚悬疑电影，于1988年在荷兰上映。影片讲述了杰夫与女友黛安娜驾车出游时女友神秘失踪，杰夫为寻找女友而落入圈套的故事。

《摔跤吧！爸爸》

由尼特什·提瓦瑞执导，阿米尔·汗、萨卡诗·泰瓦等主演的传记片，于2016年在印度上映。影片根据印度摔跤手马哈维亚·辛格·珀尕的真实故事改编，讲述了曾经的摔跤冠军辛格培养两个女儿成为女子摔跤冠军，打破印度传统的励志故事。

《双车道柏油路》

由蒙特·赫尔曼执导，詹姆斯·泰勒和沃伦·奥茨出演的剧情片，于1971年在美国上映。该片讲述了两个男人开着55年的雪佛兰赛车横穿美国的故事。

《无人生还》

由斯坦尼斯拉夫·戈沃鲁辛执导，弗拉基米尔·米哈伊洛维奇·泽尔金和塔雅娜·德鲁比奇等出演的犯罪片，于1987年在俄国上映。该片讲述了十个陌生人被邀请到一座与世隔绝的小岛上做客，却逐一离奇死去的故事。

《暴力史》

由大卫·柯南伯格执导，维戈·莫特森、玛丽娅·贝罗等主演的惊悚片，于2005年在美国首映。该片根据约翰·瓦格纳与文斯·洛克所著的同名漫画小说改编，主要讲述了主人公一家人因为阻止了一次抢劫恶行成为当地媒体追捧的对象，他们快乐祥和的生活就此发生巨大的改变的故事。该片获得奥斯卡、戛纳等多个国际电影节提名。

《让他走》

由托马斯·伯祖查执导，戴安·琳恩和凯文·科斯特纳出演的犯罪片，于2020年在美国上映。该片改编自同名小说，讲述了退休警长乔治·布莱克利奇和妻子玛格丽特在失去儿子后，去解救他们年幼的孙子的故事。

《七宗罪》

由大卫·芬奇执导，布拉德·皮特、摩根·弗里曼等人主演的惊悚悬疑片，于1995年在美国上映。该片以罪犯约翰·杜制造的连环杀人案件为线索，从警员沙摩塞和米尔斯的视角出发，讲述了“七宗罪”系列谋杀案的故事。1996年该片获得了第5届MTV电影奖最佳影片等奖项。

《消失的爱人》

由大卫·芬奇执导，本·阿弗莱克、裴淳华等主演的悬疑惊悚电影，于2014年在美国上映。该片改编自吉莉安·弗琳的同名小说，讲述了平凡又恩爱的一对夫妻，突然有一天妻子却消失不见，丈夫通过各种方式疯狂寻找，然而在妻子留下的一本日记中却发现，种种线索都表明是丈夫将妻子杀害。该片2014年获得第18届好莱坞电影奖最佳影片。

《恐怖游轮》

由克里斯托弗·史密斯自导自编，梅利莎·乔治、利亚姆·海莫斯沃斯等主演的剧情悬疑片，于2009年在英国上映。该片讲述单身母亲杰西和一群朋友乘坐游艇出海游玩遇到风暴，登上一艘经过的游轮后却发现这艘1930年失踪的神秘游轮里空无一人，随之而来的连环凶杀让杰西等人陷入轮回的恐怖之中。

《七武士》

由黑泽明执导，三船敏郎、志村乔等参与演出的动作片，于1954年在日本上映。该片主要描写了日本战国时代，贫穷乡村百姓为保卫家园，与雇来的七位武士联手击退强盗的故事。该片获得1954年威尼斯电影节银狮奖。日本《电影旬报》评选的日本百部电影第一名。该片于

2018年登顶BBC百佳外语片。

《幸福的黄手绢》

由山田洋次执导，高仓健、倍赏千惠子等主演的剧情片，于1977年在日本上映。讲述了因被判刑而与妻子光枝离婚的勇作，在出狱前给光枝写信约定，如果她还在等他就在门前挂一块黄手帕，随后在路上遇见的花田和小川的鼓励和陪同下回家的故事。该片获得第51届《电影旬报》最佳影片、最佳导演、最佳编剧等7项大奖。

《拯救大兵瑞恩》

由史蒂文·斯皮尔伯格执导，汤姆·汉克斯、马特·达蒙等联袂出演的战争片，于1998年在美国上映。该片描述了诺曼底登陆后，瑞恩家4个于前线参战的儿子中，除了隶属101空降师的小儿子二等兵詹姆斯·瑞恩仍下落不明外，其他3个儿子皆已于两周内陆续在各地战死。美国陆军参谋长马歇尔上将得知此事后，出于人道考量，特令前线组织一支8人小队，在人海茫茫、枪林弹雨中找出生死未卜的二等兵詹姆斯·瑞恩，并将其平安送回后方。该片获得第71届奥斯卡最佳导演、最佳摄影等5项大奖，2014年入选美国“国宝影片”名单。

《了不起的盖茨比》

由巴兹·鲁赫曼执导，莱昂纳多·迪卡普里奥、托比·马奎尔等主演的爱情剧情片，于2013年在美国上映。该片根据菲茨杰拉德的同名小说改编，讲述了未成名作家尼克·卡罗维深受这个纸醉金迷的上流世界及其中的幻想、爱情和谎言吸引，他目睹这种世界内外的一切，于是决定写一个关于一段无缘的爱情、不灭的梦想和让人心痛的故事，并反映出当前的时代和挣扎的故事。

《控方证人》

由比利·怀尔德执导，泰隆·鲍华、玛琳·黛德丽等领衔主演的惊悚剧情片，于1958年在美国上映。该片根据侦探小说家阿加莎·克里斯蒂的原著改编，讲述了英国刑辩律师为谋杀罪嫌疑人辩护的故事。该片获得第31届奥斯卡金像奖多项提名。

《美国往事》

由赛尔乔·莱昂内执导，罗伯特·德尼罗、詹姆斯·伍兹等人主演的剧情片，于1984年在美国上映。影片以纽约的犹太社区为背景，讲述了主人公“面条”从懵懂少年成长为黑帮大佬的历程，同时也展现了美国从20世纪20年代到60年代的黑帮史。1985年，该片获得了第8届日本电影学院奖最佳外语片等奖项。

《教父》

由弗朗西斯·福特·科波拉执导，马龙·白兰度、阿尔·帕西诺等主演的黑帮电影，于1972年在美国上映。该片改编自马里奥·普佐的同名小说，讲述了以维托·唐·柯里昂为首的黑帮家族的发展过程以及柯里昂的小儿子迈克如何接替父亲成为黑帮首领的故事。1973年该片获得第45届奥斯卡最佳电影、最佳男主角、最佳改编剧本奖。2007年被美国电影协会选为“百年百佳影片第二位”。

《闻香识女人》

由马丁·布莱斯特执导，阿尔·帕西诺、克里斯·奥唐纳等主演的剧情片，于1992年在美国上映。该片翻拍于1974年迪诺·莱希的电影《女人香》，讲述了一名预备学校的学生为一位脾气暴躁的眼盲退休军官担任助手期间发生的故事。

《第七大陆》

由迈克尔·哈内克执导，比吉特·道尔和迪特尔·贝尔讷出演的剧情片，于1989年在奥地利上映。该片讲述了一个打算逃往澳大利亚的欧洲家庭似乎忙于日常事务，只为一些小事情困扰，然而在他们表面的平静和重复的存在背后，他们实际上在策划一些邪恶的事情。

《放大》

由Bridge Films公司制作，米开朗基罗·安东尼奥尼执导，瓦妮莎·雷德格瑞夫、莎拉·米尔斯主演的一部惊悚片，于1966年上映。该片主要讲述摄影师托马斯在伦敦的一家公园，偷拍了一组关于情人约会的照片的故事。该片获得第20届戛纳金棕榈奖。

《洛丽塔》

由斯坦利·库布里克执导，詹姆斯·梅森、苏·莱恩主演的剧情片，于1962年在美国上映。该片改编自美国作家弗拉基米尔·纳博科夫的同名小说，讲述了中年男子亨伯特与少女洛丽塔的情爱故事。

《一条安达鲁狗》

由路易斯·布努埃尔执导的短片、幻想片，于1929年在法国上映。讲述了超现实主义电影之父路易斯·布努埃尔和超现实主义画家萨尔瓦多·达利的跨界合作，表现的是人的梦境和潜意识。

《诗人之血》

由让·科克托执导的奇幻片，于1930年在法国上映。该片讲述了一位年轻的艺术家最后自己变成了一座雕像的故事。

《巴黎圣母院》

改编自法国名著的同名音乐剧，在基本音乐剧框架中融入大量流行音乐元素，巧妙地将美声唱法和摇滚乐有机地联系起来，动人的旋律令人百听不厌；伴舞的演员中有声名显赫的YAMAKASI七人组合（吕克·贝松电影《企业战士》的联合主演），舞者在貌似简单的布景下用丰富的肢体语言向观众展示了戏剧冲突；强烈的音响效果和精心设计的灯光布景相配合。

《白鲸记》

由约翰·休斯敦执导，格利高里·派克、理查德·贝斯哈特主演，于1956年出品。该片根据同名文学名著改编，故事以一条纯白的巨型鲸鱼莫比敌为中心发展。

《浮云》

由成濑巳喜男执导，高峰秀子、森雅之领衔主演的剧情片，于1955年在日本上映。该片改编自日本女作家林芙美子的同名小说。讲述了在印度支那相识相恋的幸田雪子和富冈兼吉，在返回家乡后的一段又一段的恩怨情仇 。

《魂断蓝桥》

由梅尔文·勒罗伊执导，费雯·丽、罗伯特·泰勒等主演的爱情电影，于1940年在美国上映。该片讲述了陆军上尉克罗宁在休假中邂逅了芭蕾舞女郎玛拉，之后两人坠入爱河并互定终身的爱情故事。

《伊豆的舞女》

由西河克己执导，山口百惠、三浦友和主演的剧情电影，于1974年在日本上映。该片讲述了川岛因为人生孤寂，独自去伊豆旅行，途中遇上一伙江湖艺人，便与他们结伴而行，其中有个天真、烂漫、可爱的小舞女阿熏，她让川岛产生了无限美好的浪漫联想，萌发出一种朦胧的恋情。

《廊桥遗梦》

由克林特·伊斯特伍德执导，梅丽尔·斯特里普、克林特·伊斯特伍德等主演，于1995年在美国上映。该片改编自美国作家罗伯特·詹姆斯·沃勒的同名小说，讲述了家庭主妇弗朗西斯卡在家人外出的四天里遇到了《国家地理》杂志的摄影师罗伯特·金凯，在经历了短暂的浪漫缠绵后，弗朗西斯卡因不愿舍弃家庭而与罗伯特·金凯痛苦地分手。但是对金凯的爱恋却萦绕了弗朗西斯卡的后半生。

《公民凯恩》

由奥逊·威尔斯担任导演、制片、编剧，奥逊·威尔斯、约瑟夫·科顿等主演的纪传体影片。该片以一位报业大亨孤独地在豪宅中死去为序幕，围绕他临死前说出的“玫瑰花蕾”一词，讲述了他一生不平凡的经历。该片于1941年5月1日在美国上映，获得第14届奥斯卡金像奖7项提名，并最终获得最佳原创剧本奖。

《低俗小说》

由昆汀·塔伦蒂诺执导，布鲁斯·威利斯、乌玛·瑟曼等主演的犯罪电影，于1994年在美国公映。影片由6个彼此独立而又紧密相连的故事所构成，6个故事都各自讲述了一个不同的事件，但却都有着共同的戏剧属性将它们紧密相连。该片获得第67届奥斯卡金像奖最佳原创剧本奖、第47届戛纳国际电影节金棕榈奖。

《勇敢的心》

由梅尔·吉布森执导，梅尔·吉布森、苏菲·玛索等主演的战争片。影片以13—14世纪英格兰的宫廷政治为背景，以战争为核心，讲述了苏格兰起义领袖威廉·华莱士与英格兰统治者不屈不挠斗争的故事。1995年该片在美国上映。1996年，该片在第68届奥斯卡金像奖上获得最佳影片、最佳导演等5项奖项。

《浮草》

由小津安二郎执导，中村雁治郎、京町子等共同主演的剧情片，于1959年在日本上映。影片讲述了歌舞伎戏班班主驹十郎与女艺人纯子以及酒馆老板阿芳的感情，驹十郎与儿子清的父子情，以及清与女艺人加代的爱情故事。

《局外人》

由卢奇诺·维斯康蒂执导的剧情片，马塞洛·马斯楚安尼和安娜·卡里娜出演。该片改编自加缪同名存在主义小说，说的是一个在阿尔及利亚的法裔小职员的一生中围绕“荒诞”发生的故事。该片曾获威尼斯电影节金狮奖和奥斯卡最佳外语片提名。

《独行杀手》

由让-皮埃尔·梅尔维尔执导，阿兰·德龙、凯茜·罗齐尔主演的犯罪惊悚电影，于1967年在法国上映。该片讲述了杀手杰夫在执行暗杀任务时被钢琴师马蕾莉认出身份，却意外得到了对方的袒护，正当他困惑时得知马蕾莉正是雇主的情人，杰夫也因此陷入了爱与背叛的矛盾之中。

《各怀鬼胎》

由大卫·马梅执导，吉恩·哈克曼和丹尼·德维托出演的动作犯罪片。该片讲述了某犯罪组织在策划实施一起大型盗窃行为时组成内部各成员各怀心思、尔虞我诈的悬疑故事。

《黑客帝国》

由沃卓斯基兄弟执导，基努·里维斯、凯莉·安妮·莫斯等主演的动作、科幻片，于1999年在美国上映。影片讲述了一名年轻的网络黑客尼奥发现看似正常的现实世界实际上是由一个名为“矩阵”的计算机人工智能系统控制的，尼奥在一名神秘女郎崔妮蒂的引导下见到了黑客组织的首领墨菲斯，三人走上了抗争矩阵征途的故事。该片获得第72届奥斯卡金像奖最佳剪辑、最佳音效等4项大奖。

《脚注》

由约瑟夫·斯达执导，利奥·阿什肯纳兹、阿尔玛·扎克、阿尔伯特·伊卢兹等主演的剧情片，于2011年在以色列上映。该片讲述了耶路撒冷希伯来大学一对因性格差异而关系紧张的学者父子，由于以色列国家科技奖颁发前的一个失误而矛盾爆发的故事。2012年该片获得第84届奥斯卡最佳外语片奖提名。

《乱世佳人》

由维克多·弗莱明执导，费雯·丽、克拉克·盖博等主演的爱情片，于1939年在美国上映。该片改编自小说《飘》，讲述了美国南北战争爆发后，塔拉庄园的千金小姐郝思嘉与风度翩翩的商人白瑞德之间所发生的爱情故事。1998年，美国电影学会评选20世纪最伟大的100部电影，该片位列第4位。

《甜心先生》

由卡梅伦·克罗执导，汤姆·克鲁斯、小库珀·古丁等主演的剧情片，于1996年在美国上映。该片讲述了杰瑞·马圭尔被一家国际体育运动管理公司无理解雇后，没有灰心，热心面对生活，并得到了众人帮助最后走向成功的故事。

《卡萨布兰卡》

由迈克尔·柯蒂兹执导，亨弗莱·鲍嘉、英格丽·褒曼等主演的爱情电影，于1942年在美国上映。影片讲述了“二战”时期，商人里克手持宝贵的通行证，反纳粹人士维克多和妻子伊尔莎的到来使得里克与伊尔莎的旧情复燃，两人面对感情和政治的矛盾难以抉择的故事。该片获得第16届奥斯卡金像奖最佳影片、最佳导演、最佳剧本3项奖项。2007年美国好莱坞编剧协会评选了史上“101部最伟大的电影剧本”，该片排名第1位。

《各自逃生》

由让-吕克·戈达尔执导，伊莎贝尔·于佩尔、雅克·迪特隆主演的剧情片，于1980年在法国上映。该片讲述了三个人的生活：一个农村姑娘来到城市沦落为妓女，一个决心放弃掉城市工作去乡下享受田园生活的职业妇女，一位刚刚离婚的电视节目导演。

《黄金三镖客》

由赛尔乔·莱昂内执导，克林特·伊斯特伍德、李·范·克里夫和伊莱·沃勒克等领衔主演的西部片，于1966年在意大利上映。该片讲述了三人在美国南北战争期间趁着政局混乱，既互相利用又钩心斗角，产生不少有趣的笑料和张力十足的戏剧性对峙。

《想吹就吹，吹得响亮》

由弗洛林·塞班执导，乔治·皮斯特雷劳、阿妲·康迪斯库等主演的剧情片，于2010年在德国柏林国际电影节上映。该片讲述了还有5天就能从感化院释放的少年犯西尔维乌，得知消失了多年的母亲打算带走他的小弟弟时，在这5天里发生的故事。该片获得第60届柏林国际电影节评审团大奖。

《漫长假期》

由杰米·布莱克斯执导，吉姆·卡维泽与克劳蒂娅·卡万联合主演的恐怖片，于2008年在西班牙上映。影片主要讲述了一对正在野外度假的夫妻了解到如果不尊重自然会发生什么。这部电影是对1978年版同名影片的翻拍。

《神秘列车》

由吉姆·贾木许执导，永濑正敏、工藤夕贵等主演的喜剧片。该片讲述了美国田纳西州，猫王的故乡孟菲斯，一家廉价破旧的孟菲斯旅馆，三段彼此交错的平行故事。

《帕特森》

由吉姆·贾木许自编自导，亚当·德赖弗、歌什菲·法拉哈尼等参加演出的剧情片，于2016年在戛纳国际电影节首映。该片讲述了居住在帕特森市钟爱写诗的公车司机帕特森和妻子劳拉的生活故事。

《天堂之日》

由泰伦斯·马力克执导，理查·基尔、布鲁克·亚当斯、山姆·夏普德等主演的剧情片，于1978年在美国上映。该片讲述了20世纪初，比尔带着伪装成兄妹的女友和妹妹从芝加哥到德州的麦场工作，不料患了绝症的农场主爱上了其女友的故事。该片获得第32届戛纳国际电影节最佳导演奖。

《狩猎》

由托马斯·温特伯格执导，麦德斯·米科尔森、托马斯·博·拉森主演的丹麦电影。影片用一个关于绯闻、谎言、仇恨和怀疑的传闻毁掉一个男人生活的故事，讲述了谎言变成“事实”的过程，向观众揭示了众口铄金的含义。

《传染病》

由史蒂文·索德伯格执导，玛丽昂·歌迪亚、马特·达蒙等主演的动作片，于2011年在美国上映。影片讲述了一种靠着空气就能传播的致命病毒，世界各地的医疗组织争分夺秒研究病毒抗体的故事。

《自己的葬礼》

由阿伦·施奈德执导，罗伯特·杜瓦尔，茜茜·斯派塞克出演的剧情片，于2010年在美国上映。该片讲述了费利克斯隐居40年后忽然出现在小镇上，拿着一支霰弹枪和一袋子现金，声称要在活着的时候给自己举办一场葬礼的故事。

《爱》

由迈克尔·哈内克执导，埃玛妞·丽娃、让-路易斯·特兰蒂尼昂等主演的一部探讨爱情的电影，于2012年在法国上映。影片讲述了两位退休的音乐老师，年过八旬的他们相伴多年却仍然相爱。直到妻子遭遇一场疾病，两个人的爱情也开始面临最大的考验。该片获得第85届奥斯卡最佳外语片等多项大奖。

《大开眼戒》

由斯坦利·库布里克执导，汤姆·克鲁斯、妮可·基德曼联合主演的惊悚剧情片，于1999年在美国上映。该片讲述了一对医生夫妻经历一场如梦似幻的爱情冒险后，才认识到什么是最值得珍惜的婚姻。

《切腹》

由小林正树执导，仲代达矢主演、三国连太郎等主演的电影，于1962年在日本上映。该片主要讲述了宽永七年十月，一名叫作津云半四郎的浪人来到名门井伊家，要求在庭前切腹自杀，从而引出同样要求的千千岩求女事情的故事。

《布鲁克斯先生》

由布鲁斯·埃文斯执导，凯文·科斯特纳、黛米·摩尔等联袂出演的惊悚电影，于2007年出品。影片讲述了事业有成的翩翩绅士布鲁克斯先生，其内心潜藏着不可告人的黑暗秘密——对谋杀痴迷上瘾而无法戒掉的怪癖，令布鲁克斯先生惶惶不可终日的故事。

《化身博士》

由鲁宾·马莫利安执导，弗雷德里克·马奇、米利亚姆·霍普金斯主演的恐怖电影，于1931年在美国上映。影片改编自罗伯特·路易斯·史蒂文森的同名小说，讲述了杰基尔博士为了探索人性的善恶，发明了一种特殊的新药，吃下去便会变成另一个自我——含有所有恶念的海德先生，结果酿成悲剧的故事。

《闪灵》

由斯坦利·库布里克执导，杰克·尼克尔森、谢莉·杜瓦尔等主演的恐怖悬疑片，于1980年在美国上映。该片讲述了作家杰克·托兰斯为了寻找灵感，带着他的妻儿接受了一份旅店冬天看门工作，却被幻象逼疯的故事。

《惊魂记》

由阿尔弗雷德·希区柯克执导，安东尼·博金斯、珍妮特·利等主演的惊悚片，于1960年在美国上映。该片讲述了玛莉莲在浴室中被精神分裂的狂人杀死，之后玛莉莲的姐姐和男友加入警方的调查，在逐步侦查下终于揭露狂人杀人真相的故事。

《遗传厄运》

由阿里·艾斯特执导，托妮·科莱特、加布里埃尔·拜恩等主演的恐怖片，于2018年在美国上映。该片讲述了母亲艾伦去世后，安妮的家庭陷入一系列厄运遗传的恐怖事件故事。

《爱尔兰人》

由马丁·斯科塞斯执导，罗伯特·德尼罗、阿尔·帕西诺、乔·佩西等主演的传记犯罪片，于2019年在美国上映。该片根据查尔斯·布兰特小说《听说你刷房子了》改编，影片聚焦黑帮杀手"爱尔兰人"的人生，通过"二战"老兵弗兰克·谢兰的视角，讲述了战后美国有组织犯罪的故事。该片获第85届纽约影评人协会奖（NYFCC）最佳影片，被《卫报》评为"2019年度十佳影片"，该片还获得第92届奥斯卡最佳视觉效果奖提名。

《奇遇》

由米开朗基罗·安东尼奥尼执导，莫尼卡·维蒂、加比利艾尔·费泽蒂、蕾雅·马萨利等主演的爱情影片，于1960年在戛纳国际电影节上映。该片是米开朗基罗·安东尼奥尼"现代爱情三部曲"中的第一部，讲述了外交官之女安娜在和男友桑德罗外出游玩时失踪，桑德罗却和安娜的好友克劳迪娅暗生情愫的故事。该片获得第13届戛纳国际电影节评审团大奖。

《这个男人来自地球》

由理查德·申克曼执导的一部2007年出品的独立电影。该片改编自科幻作家杰洛米·贝斯拜生前完成的最后一部小说。作为总投资一万美元的小成本独立电影，其成功跳脱了“激光加金属”等传统科幻片的固有套路，以纯对白形式推进，演绎着话剧式的软科幻。

《灵魂的四段旅程》

由米开朗基罗·法尔玛提诺执导，朱塞佩·富达主演的剧情片，于2011年上映。该片主要讲述了一位以放牧为生的牧羊人用一生去领悟人生，而他不幸患病，他相信自己会好起来的故事。

《遇见你之前》

由西娅·夏罗克执导，艾米莉亚·克拉克等主演的浪漫爱情电影，于2016年在美国上映。该片根据乔乔·莫伊斯的同名小说改编，讲述了懵懂的小镇女孩小露与下肢瘫痪的老板威尔间缠绵悱恻的爱情挽歌。

《无法触碰》

由奥利维·那卡什、艾力克·托兰达联合执导，弗朗索瓦·克鲁塞、奥马·希、安乐妮等主演的剧情片，于2011年在法国上映。该片讲述了一位生活无法自理的贵族菲利普与其帮佣黑人青年德瑞斯两人相互帮助的故事。

《弹簧刀》

由比利·鲍伯·松顿执导，比利·鲍伯·松顿、德怀特·尤科姆、卢卡斯·布莱克主演的剧情片，于1996年在美国上映。该片讲述了有智能障碍的卡尔，结识了男孩弗兰克，并帮助男孩母子脱离困境的故事。

《阿飞物语》

由彼得·穆兰执导的剧情片，于2010年上映。影片讲述了在20世纪70年代的苏格兰格拉斯哥，一群小阿飞的帮派生活。

《让我们谈谈凯文》

由琳恩·拉姆塞执导，埃兹拉·米勒、蒂尔达·斯文顿等主演的惊悚剧情片，于2011年在英国上映。该片根据莱昂内尔·斯韦弗的同名小说改编，讲述了一位名叫凯文的男孩因父亲的溺爱与母亲的冷漠而最终变成杀人恶魔的故事。

《告白》

由中岛哲也执导，松隆子主演，于2010年在日本上映。电影根据小说《告白》改编，讲述了某一天森口悠子发现其爱女被杀害在学校的游泳池中。尽管该起事件被断定为意外死亡，但森口却向学生们宣告犯人就在班中，并展开了自己的复仇。2011年，该片获得第30届香港电影金像奖最佳亚洲电影。

《最佳出价》

由朱塞佩·托纳多雷执导，杰弗里·拉什，吉姆·斯特吉斯领衔主演的爱情剧情片，于2013年在意大利上映。讲述的是一个将背景设置在奥地利维也纳奢华的艺术品拍卖行业中的爱情故事，同时也是一部“没有谋杀案的惊悚片”。

《看不见的客人》

由奥里奥尔·保罗执导，马里奥·卡萨斯、阿娜·瓦格纳主演的悬疑电影，于2017年在西班牙上映。该片讲述了企业家艾德里安在事业如日中天之时被卷入一桩谋杀案中，为了洗脱罪名，他请来了金牌女律师弗吉尼亚为自己辩护。

《洛城机密》

由柯蒂斯·汉森执导，凯文·史派西、罗素·克劳等联袂出演的惊悚片，于1997年美国上映。影片根据1990年詹姆斯·艾罗瑞的同名小说改编，背景设在20世纪50年代的洛杉矶，犯罪昭彰，警界腐败，出生警探世家的艾德·艾斯利子承父职入警局工作，外表斯文的他胸怀大志，与另外两位性格迥异的老油条擦出火花。《洛城机密》共获得9项奥斯卡奖提名，最后获得最佳女配角和最佳改编剧本2项大奖。

《与安德烈晚餐》

由路易·马勒执导，华莱士·肖恩等主演的剧情片。该片讲述了一个导演在餐桌上讨论各种人生话题的故事。

《肖申克的救赎》

由弗兰克·德拉邦特编剧并执导，蒂姆·罗宾斯、摩根·弗里曼领衔主演的美国剧情片。该片根据斯蒂芬·埃德温·金1982年的中篇小说《肖申克的救赎》改编，主要讲述了银行家安迪因被误判为枪杀妻子及其情人的罪名入狱后，他不动声色、步步为营地谋划自我拯救并最终成功越狱，重获自由的故事。该片于1994年在多伦多国际电影节首映。1995年，该片获得第67届奥斯卡金像奖中包括最佳影片在内的7项提名。

《R先生为什么疯狂地杀人》

由法斯宾德执导，英格利·卡文、汉娜·许古拉等主演的剧情片。该片讲述了一家建筑公司的绘图员R先生在外人看来一家过着一种正常、平静、美满的生活，然而R先生却杀死了邻居、妻子和儿子，然后自缢身亡的故事。

《兰闺艳血》

由尼古拉斯·雷执导，亨弗莱·鲍嘉和格洛丽亚·格雷厄姆等主演的剧情片。该片讲述了一个剧作家不幸被卷入了一宗凶杀案的故事。

《至暗时刻》

由乔·赖特执导，加里·奥德曼、莉莉·詹姆斯等主演的传记历史片，于2017年在美国上映。该片讲述“二战”时面临来自内部的偏见与外部的法西斯战争，温斯顿·丘吉尔抵住压力，带领英国人民奋起反抗，赢得敦刻尔克战役的胜利，渡过了黎明前最黑暗的时刻的故事。

《波西米亚狂想曲》

由布莱恩·辛格执导，拉米·马雷克主演的音乐传记片，于2018年在美国上映。该片讲述了皇后乐队从偶然成军到确立风格，再到大放异彩的经历，以及皇后乐队灵魂人物——主唱佛莱迪·摩克瑞跌宕起伏的人生故事 。该片获得第91届奥斯卡金像奖最佳剪辑、最佳男主等4项大奖。

《城市之光》

喜剧大师查理·卓别林导演并主演的一部无声影片，于1931年上映。这也是他的第74部作品。电影讲述了一个流浪汉与卖花女的爱情故事。该片为美国国家电影保护局指定典藏珍品。

《敦刻尔克》

由克里斯托弗·诺兰执导，菲恩·怀特海德、汤姆·格林-卡尼等领衔主演的战争悬疑片，于2017年在美国上映。影片改编自历史事件“敦刻尔克大撤退”，当时40万英法联军被敌军包围在敦刻尔克的海滩上，面对敌军步步逼近的绝境，他们不得不为自己的命运背水一战。该片获得第90届奥斯卡金像奖最佳音效剪辑、最佳音响效果和最佳剪辑奖。

《克莱默夫妇》

由罗伯特·本顿执导，达斯汀·霍夫曼领衔主演的家庭伦理片，于1979年在美国首映。该片讲述了一个单亲家庭的孩子比利和父亲克莱默先生相依为命最后和母亲重归于好的故事。该片获得第52届奥斯卡金像奖最佳影片等5项大奖，以及包括奥斯卡金像奖最佳摄影、最佳男配角等4项提名。

《这个杀手不太冷》

由法国导演吕克·贝松编剧并执导的动作电影，由娜塔莉·波特曼、让·雷诺联袂出演，于1994年在法国上映。影片讲述了一名职业杀手·莱昂无意间搭救了一名全家被杀害的叛逆女孩·玛蒂尔达，二人互生情愫的故事。该片获得1995年法国凯撒奖共7项提名与第19届日本学院奖最佳外语片的提名。

《完美世界》

由克林特·伊斯特伍德执导，凯文·科斯特纳，克林特·伊斯特伍德等主演的犯罪剧情片，于1993年在美国上映。该片讲述万圣节的凌晨，两名罪犯——布奇和普趁机从监狱中逃了出来，他们劫持了一辆汽车，准备向边境逃窜的故事。

《日落大道》

由比利·怀尔德执导，葛洛丽亚·斯旺森、威廉·霍尔登等主演的剧情片，于1950年在美国上映。该片讲述了在好莱坞从默片时代过渡到有声片时代的背景下，一位自恋的女明星因无法接受情夫背叛自己，于是将情夫杀死的故事。该片获得第23届奥斯卡金像奖最佳改编剧本、第8届美国金球奖剧情类最佳影片等奖项。

《苦雨恋春风》

由道格拉斯·塞克执导，罗克·赫德森、劳伦·白考尔主演的剧情片，于1956年在日本上映。该片讲述了米奇·韦恩和凯尔·哈德利从小到大都是最好的朋友，两人同时爱上了美丽端庄的露西的故事。

《血战钢锯岭》

由梅尔·吉布森执导，安德鲁·加菲尔德、萨姆·沃辛顿等主演的战争历史片，于2016年在美国上映。该片改编自“二战”上等兵军医戴斯蒙德·道斯的真实经历，讲述他拒绝携带武器上战场，并在冲绳战役中赤手空拳救下75位战友的传奇故事。《血战钢锯岭》被选为2016美国电影学会十佳电影，获得第89届奥斯卡金像奖最佳音响效果奖。

《爱情的结果》

由保罗·索伦蒂诺执导，托尼·瑟维洛、奥利维拉·麦兰妮主演的爱情片，于2004年在法国上映。该片讲述了一个50岁的男人蒂特在小镇沉寂了八年，在偶遇索菲亚之后，他的生活发生惊人改变的故事。

《疤面煞星》

由布莱恩·德·帕尔玛执导，阿尔·帕西诺、斯蒂文·鲍尔、米歇尔·菲佛等主演的惊悚片，于1983年在美国上映。影片讲述了古巴难民托尼到美国佛罗里达州之后成为黑道分子的故事。

《虎胆龙威》

由约翰·麦克蒂尔南执导，布鲁斯·威利斯、艾伦·里克曼等主演的动作影片，于1988年在美国上映。该片是好莱坞系列电影“虎胆龙威”的第一部，讲述了警探约翰·麦克莱恩在洛杉矶与当地以汉斯为首的恶势力进行殊死对决的故事。该片入选了美国国会图书馆保护片目名单。

《007：大破天幕危机》

由萨姆·门德斯执导，丹尼尔·克雷格、哈维尔·巴登联袂出演，是“007”史上首部IMAX电影。影片于2012年在美国上映。该片讲述了詹姆斯·邦德执行任务失败生死不明，记载潜伏于恐怖组织内部特工信息的硬盘丢失。行动主要负责人M夫人因此被高层解雇。幸存下来的邦德执行M夫人的命令，在Q博士的协助下，赶赴上海追查真凶，神秘人物席尔瓦引起他的关注。

《雨人》

由巴瑞·莱文森执导，达斯汀·霍夫曼、汤姆·克鲁斯等主演的剧情片，于1988年在美国上映。该片讲述了查理发现父亲将遗产留给了患自闭症的哥哥雷蒙，便想骗取这笔财富，并计划利用哥哥超强的记忆力去赌博赚钱。但在此过程中，血缘的亲情打破了原有的疏离，真挚动人的手足之情取代了查理原先只求一己利益的私心。该片获第61届奥斯卡最佳影片等4个奖项，以及金球奖、金熊奖等多个奖项。

《东京物语》

由小津安二郎执导，笠智众、原节子主演的剧情片，于1953年在日本上映。该片讲述了住在小城中的平山周吉老两口，在与东京成家立业的子女们短暂相聚并迅速分离、各自回到原有生活轨迹的故事。

《星际穿越》

由克里斯托弗·诺兰执导，马修·麦康纳、安妮·海瑟薇领衔主演的科幻电影，于2014年上映。该片在物理学家基普·索恩的黑洞理论之上进行改编，主要讲述了一组宇航员通过穿越虫洞来为人类寻找新家园的冒险故事。该片获得了第87届奥斯卡金像奖的5项提名，并获得最佳视觉效果奖。

《她》

由斯派克·琼斯编剧并执导，华金·菲尼克斯、斯嘉丽·约翰逊（配音）、艾米·亚当斯主演的科幻爱情片，于2013年在美国上映。影片讲述了作家西奥多在结束了一段令他心碎的爱情长跑之后，爱上了电脑操作系统里的女声，这个叫“萨曼莎”的姑娘不仅有着一把略微沙哑的性感嗓音，并且风趣幽默、善解人意，让孤独的男主人公泥足深陷。该片获得2014年第86届奥斯卡最佳原创剧本奖。

《晚春》

由小津安二郎执导，笠智众、原节子主演的日本剧情电影。该片讲述的是父母与儿女之间的关系和感情的电影。

《面包和汤和猫咪好天气》

是日本WOWOW电视台2013年播出的电视连续剧，由松本佳奈执导，小林聪美等人主演。该剧改编自日本作家群阳子的同名小说，主要讲述了亚纪子因母亲意外去世和工作上莫名其妙的人事变动而开始思考并改变人生，以及她与周围的人互相扶持的温馨故事。

《一片好心》

由达格·卡利执导，保罗·达诺和布莱恩·考克斯出演的喜剧片。该片讲述了一个无家可归的年轻人被酒吧老板雅克所收留而引发的故事。

《骡子》

由克林特·伊斯特伍德执导，克林特·伊斯特伍德、布莱德利·库珀联合主演的犯罪片，于2018年在美国上映。影片根据2011年轰动全美的传奇涉毒大案改编，讲述了一位破产独居的八旬老人，无意中成了贩毒集团的运输者“骡子”的故事。

《烽火赤焰万里情》

由沃伦·比蒂自导自演，黛安·基顿、杰克·尼科尔森、爱德华·赫曼等联合参演的历史传记片，于1981年在美国上映。影片讲述了20世纪20年代初期，向往共产主义的美国名记者约翰·雷德千方百计跑到十月革命之后的苏联体验生活的故事。沃伦·比蒂凭借该片获得第54届奥斯卡金像奖最佳导演。

《魅影缝匠》

由保罗·托马斯·安德森执导，丹尼尔·戴-刘易斯、薇姬·克里普斯主演的剧情片，于2017年在美国首映。影片讲述了20世纪50年代的战后伦敦，小有名气的裁缝雷诺兹·伍德考克遇见了外表年轻富有魅力的女招待阿尔玛，最初将她视作自己的女神，之后又将她视作自己爱人的故事。

《新不了情》

由尔冬升执导，刘青云、袁咏仪等主演的爱情电影，于1993年在中国香港上映。影片讲述了身患绝症的阿敏与怀才不遇的音乐人阿杰之间的爱情故事。该片在第13届香港电影金像奖颁奖礼上获得了最佳电影、最佳女主角、最佳导演、最佳编剧等6项奖项。

《爆裂鼓手》

由达米恩·查泽雷编剧并执导，迈尔斯·特勒、J.K.西蒙斯主演的音乐剧情片，于2014年在美国上映。影片讲述了一个热爱音乐的年轻人努力地想要成为顶尖的爵士乐鼓手的故事。该片获得第87届奥斯卡金像奖最佳影片、最佳导演等多项提名。

《唐人街》

由罗曼·波兰斯基执导，杰克·尼科尔森、费·唐纳薇主演的惊悚悬疑电影，于1974年在美国上映。该片讲述了私家侦探杰克在调查一起水务处工程师自杀的案件过程中，发现了令人难以置信的真相。该片获得第47届奥斯卡金像奖最佳原创剧本奖。

《落水狗》

由昆汀·塔伦蒂诺执导，哈维·凯特尔、蒂姆·罗斯、迈克尔·马德森等主演的犯罪片，于1992年在法国首映。该片讲述了六名彼此各不相识的强盗在抢劫珠宝店时中了警察的埋伏之后寻找警方卧底的故事。

《十二怒汉》

由西德尼·吕美特指导，亨利·方达、马丁·鲍尔萨姆等主演，于1957年在美国上映。一名坚持良知的陪审员，他在一宗青少年被控谋杀生父的案子之中存有疑点，成为唯一不赞成判其有罪的陪审员。在他耐心申论自己的观点之后，逐渐获得其他陪审员的认同，最终扭转了原来的判决。

《冷山》

由安东尼·明格拉执导，裘德·洛、妮可·基德曼主演的剧情片，于2003年在美国上映。影片根据查尔斯·弗雷泽同名小说改编，讲述了美国南北内战时期，一个名叫英曼的南部士兵身受重伤生命所剩无多，他逃离部队，历尽千辛万苦返回故乡冷山，只为了见上心爱的意中恋人艾达一面。而艾达则在山影交错的乡间度过了独立的蜕变期，学会如何与粗粝尖锐的生活对抗挣扎，并与山区女孩露比在战乱期间的冷山相互取暖，艰难而快乐地生活着。

《台伯河上的保龄球道》

由米开朗基罗·安东尼奥尼、维姆·文德斯导演，米开朗基罗·安东尼奥尼编剧，约翰·马尔科维奇、伊莲娜·雅各布等主演，于1995年上映。该片改编自小说集《泰伯河上的保龄球道》，讲述了四个发生在不同城市的小故事，由一个在世界各地寻找灵感的电影导演串联起来。

《汉娜姐妹》

由伍迪·艾伦执导，米娅·法罗、芭芭拉·赫希等主演的剧情片，于1986年在美国上映。该片讲述了汉娜、霍莉、莉这三个姐妹之间的生活以及她们与米基、艾略特等人的感情故事。伍迪·艾伦凭借该片获得第59届奥斯卡金像奖最佳原创剧本奖。

《双重赔偿》

由比利·怀尔德执导，弗莱德·麦克莫瑞、芭芭拉·斯坦威克主演的犯罪片，于1944年在美国上映。该片改编自詹姆斯·M. 凯恩的同名小说，讲述了菲利丝与保险业务员瓦尔特为了诈领巨额保险金，于是合计谋害狄金森的故事。该片获得第17届奥斯卡金像奖最佳影片提名。

《群鸟》

由阿尔弗雷德·希区柯克执导，蒂比·海德莉、罗德·泰勒主演的恐怖片，于1963年在美国上映。该片讲述了富家女米兰妮来到律师米契位于小镇的家中，却遭遇了鸟群的攻击，小镇的一切也都因此而改变。

《毕业生》

由迈克·尼科尔斯执导，达斯汀·霍夫曼、安妮·班克罗夫特等主演，于1967年在美国上映。影片根据查尔斯·韦伯的同名小说改编，通过描写大学毕业生本恩的爱情经历，体现了青年人的成长以及对成年人社会的奋起反抗。该片获得了第25届金球奖音乐喜剧类最佳影片、第40届奥斯卡奖最佳影片提名等奖项。

《西部往事》

由赛尔乔·莱昂内执导，亨利·方达、查尔斯·布朗森等主演，于1968年在意大利上映。故事叙述一名神秘客来到小镇上，被卷入一名寡妇与铁路大亨的土地抢夺战。影片节奏舒缓，颇具气势。一向形象正义的亨利·方达，难得在该片中扮演一名冷面的残酷杀手。

《卡里加里博士的小屋》

由罗伯特·维内执导，沃纳·克劳斯等主演，于1920年在德国上映。该片是世界电影史上被谈论得最多的影片之一，是德国表现主义电影的里程碑之作。影片以其怪诞的表现主义风格，成为以后西方恐怖片为之效仿的鼻祖。

《两个人的车站》

由艾利达尔·梁赞诺夫执导，柳德米拉·古尔琴柯、奥列加·巴希拉什维利主演的爱情喜剧片，于1982年上映。该片是梁赞诺夫“爱情喜剧三部曲”中的第三部，讲述了替妻子顶罪入狱的普拉东在审判前请假回家看望父亲时被困于某车站，与车站餐厅服务员薇拉相识相爱的故事。

《灯塔》

由罗伯特·艾格斯担任编剧、导演的恐怖片，于2019年上映。该片整体风格类似艾格斯的前作《女巫》，用带有超自然神秘元素，讲述一个可进行多种解读的恐怖故事。时间背景设置在19世纪末，主角是一名年迈的灯塔看守人和一位年轻的助手，两人在一座荒凉的小岛上看守着灯塔。